礼物（上）

沁墨小品

刘炜 著

中国书籍出版社
China Book Press

《梦蠡湖》代序

　　风吹日历，白驹过隙。伏暑刚走，仲秋又过。望浮山，峰峦不语，思江南，归意顿起……

造化弄人妙做工

咫尺天涯远连空

心牵江南三万顷

目断浮山十二峰

羹饭已熟谁下箸

炊烟无趣弄清风

何时落木萧萧夜

醉卧蠡湖一叶中

目　录

江南景致 / 001

摇啊摇，摇到外婆桥——梅村记忆 / 003
百年青阳 / 007
水之魂——周庄 / 011
再读同里 / 014
日暮乡关是甪直 / 019
月亮升起在东山顶上 / 023
秋风推得乌篷行——西溪 / 029
朝朝暮暮朱家角 / 034
心中的雕花大床——西塘 / 037
水上的文学追梦——乌镇 / 042
梦里的莲花盛开——南浔 / 047

江南面孔 / 053

墨·云 / 055
人生第一堂生物课——孵小鸡 / 059
父亲教会我阅读 / 064
拥抱父母 / 067
属龙的父亲 / 070
梅花何在 / 073
父亲语趣 / 076
今夜，我在月光下奔跑 / 078
爸爸，我想再和你说句话 / 081
最好的缅怀方式 / 085
梦里竹园别父亲 / 087
平凡母亲的不平凡 / 090
我和母亲 / 096
老妈热线 / 100
姆妈就是家 / 102
无锡阿婆的面条 / 104

江南风俗 / 107

青砖青瓦青石路 / 109
矮脚楼、推槽板和天井 / 113
对江南过年的专属记忆 / 117

汤团、年糕、八宝饭 / 120
江南旧年景（四则）/ 125
"三月三，荠菜炒马兰" / 134
清明何处觅垂柳 / 138
养春蚕 / 141
刘师母家的厨房 / 145
舌尖上的江南 / 148
记得到江南去淴浴 / 150
月在心里 / 154

《想回江南》代后记 / 157

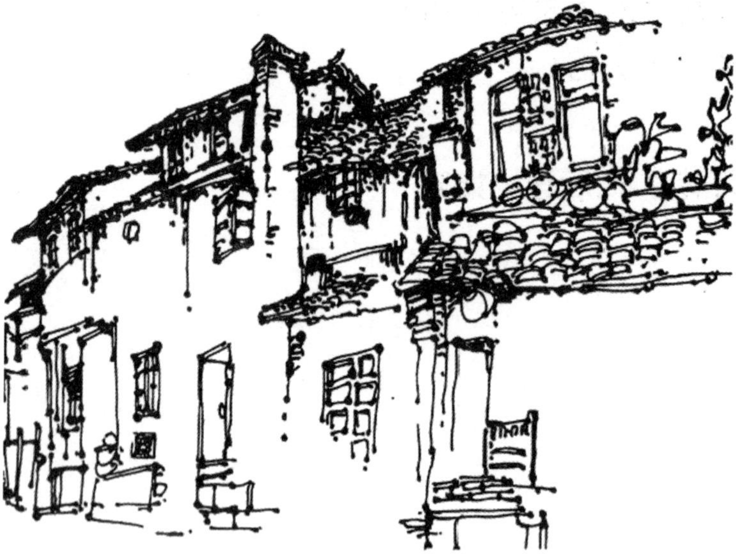

江南景致

摇啊摇，摇到外婆桥
——梅村记忆

"摇啊摇，摇到外婆桥，外婆夸我好宝宝。糖一包，果一包，外婆买条鱼来烧。头勿熟，尾巴翘，盛勒碗里吱吱叫，吃勒肚里豁虎跳。……"这是一首江南童谣，但对我来说，却是我童年生活的真实写照。很小的时候，去外婆家是要坐船的，虽然舟车劳顿，但是每次只要一听说去外婆家过周末，都会欢呼雀跃。

外婆家在无锡梅村，这是我记忆中最纯净的江南古镇。你可能没去过梅村，但是如果你走过京沪高速，梅村就坐落在无锡和苏州之间。国学大师钱穆就曾经在梅村县立四小任教多年，享誉江南、毕业生遍布全球的梅村中学就坐落在此。这是一个连接苏锡两地的水乡古镇，地域上归属无锡，但是百姓说的却是苏州方言。这也是一个有着几千年历史的古镇，《史记·泰伯世家》里面写到的"太伯之奔荆蛮，自号句（勾）吴"，说的就是梅村，也叫梅里，今属无锡新吴区。泰伯定都梅里

后，修城郭躲避战乱，"穿浍渎以备旱涝"。相传日夜流淌的伯渎河就是泰伯开凿的，它流经坊前、梅村，一直到常熟，直至漕湖，是无锡历史上人工开凿的第一条河流，历经三千多年依然生机勃勃。如今无锡南门头上的清名桥一段河流俗称"伯渎港"，名字盖源于此。

记忆中的梅村，东头就是一条大河，岸边长满了大树。夏天用石头砌就的河埠头很宽大，又被树荫笼罩着，儿时在我的眼中，简直就是一个大码头了，让人惬意无比。东邻西舍的娘娘们，会在这里手拿着棒槌洗衣服。这个时候，我也会脱下凉鞋，小心翼翼地踩在凉冰冰的石板上，将双脚泡在浅浅的清水中。外婆家前面是一片很大很大的场院，场院上有两棵树，一棵是枣树，一棵是柿子树。白蒲枣我喜欢吃，可是那又圆又大的柿子只有弟弟爱吃。出后门走过长长的青石板路，是一条青青的小河，两岸杂树丛生，河面上开着星星点点的白莲花，下雨前绿色的浮萍上会飞过许多五彩的蜻蜓。外婆因为小舅大学毕业分配到了遥远的新疆阿克苏，眼睛都哭瞎了，但是外婆的心是大箩筐，什么都能装下。眼睛虽然看不见，但什么都知道。譬如外婆对什么时候下雨清清楚楚，只要外婆召唤我回家，肯定就快要下雨了。外婆家其实也和其他家庭不太一样，外婆身高大约有165厘米，没有裹小脚，生有三男二女，据说这是旧时代里最理想的子女模式。大姨、大舅都是老共产党员，妈妈和小舅，迎来了新社会，读书多，入党也晚得多。

小时候去梅村去得多，试想一个终日生活在校园里的孩子，到了既繁华又安静的古镇，好像进了一个万花筒，实在是天天玩都不够。有时拿着长竹竿，在树上粘知了，看着活泼泼的知了在弟弟手中叽叽喳喳乱叫唤，乐得前仰后合。有时用一把小镰刀，在后院的菜畦里，摘几根紫茄子、割两条绿丝瓜、采一捧黄色的南瓜花，红番茄不洗就吃进了肚子。

说到吃，梅村对我的意义也不一般，如同进了小吃店，实在也是天天吃不够。外婆家解放前开过豆腐作坊，做的豆腐皮和豆腐干，过年过节外公都会摇船卖到苏州去。听妈妈讲，解放初因为大舅表哥的降生，外公家的成分才从富农划归中农。等我能到外婆家玩的时候，外公外婆早已是颐养天年的年纪了。但是外公做豆腐脑和绿豆粉皮的手艺还在，于是外婆家对于我的吸引力就格外大。至今我仍对大舅妈佩服不已，个子不高的她，站在大锅前神定气爽，用一只浅口的铜盆，舀上一勺绿豆水粉，往大锅热水水面上一旋，又薄又亮又韧的粉皮就成了。那动作完全像舞蹈一样优美，那小铜盆就更像变戏法的道具了。

每年一到夏天，童年的我就这样在外婆家，满院满街地跑，成天成顿地吃，自由自在地长。现在的孩子还有这样的童年吗？

后来我又去过不少古镇，特别是位于太湖东山、西山的古村落。有时候长长的一条石板路，绵延几百米，就像一页页泛

黄的历史册页，述说着几百年的风霜岁月，当你走在石板路上时，总有一种穿越的感觉。但是那种在蓝天下被纯净小河环绕的古镇，那种户户相连、家家相亲的熟悉的古镇好像再也找不回了。

回忆太重，文字太轻。能否给我一段老去的时光，再次坐在外婆家的木窗根下，用那只被岁月之手擦得铮亮的铜壶，和朋友泡一壶清茶，不想明天的事情。或者就在布满青苔的天井里，守着不离不弃的亲人，一起听雨声滴落在芭蕉上的声音。

梅村，还可以这样吗？梅村，还会是这样吗？虽然梅村还在，但是，梅村，还是我记忆中的梅村吗？老屋没有了，剩下的就只有记忆了。

百年青阳

青阳，原是介于无锡和江阴之间的一个古镇，80年代初，老锡澄公路擦边而过，坐公交从无锡到青阳只要四毛五分钱。和所有江南古镇一样，青阳镇上有十字水系，居民枕水而居，有趣味的是运河穿镇而流，串联起了三座古石桥：南新桥（三元桥）、中新桥和北新桥（迎秀桥）。我大学毕业后的五年就是在这个古镇上度过的。如今锡澄高速变成沪宁高速的重要一段，拉直了的公路似乎不再眷顾青阳，这个几百年的古镇是否静悄悄地躲在运河边，成为江南高速发展的旁观者？趁着回家探亲，我驾车去了一趟青阳。

当年我的同事李星星就是青阳本地人，记得她家坐落在北新桥边，深宅大院至少五进，"庭院深深深几许"绝不只是一句诗，青阳普通人家一进二进也是常有的格局。我离开的时候，星星还未嫁人，不知如今故友可在家里？好不容易找到曾经的校园，格局依旧，湖水依旧，但是原来百年青中的木结构庆云楼，校园中的清水墙，小湖边的石头路，已经完全没有了

踪影，换来的是全新的教学大楼、塑胶操场。看来，偏居一隅的青阳古镇也淹没在了江南高速发展的经济浪潮中。来到北新桥头，河水还算清冽。北新桥建于明嘉庆六年（1527年），至今已近500岁高龄，但是依然纹丝不动，默默看着两岸居民人来人往。本不知小小古镇上的石头桥，为何一称"三元"、一称"迎秀"？看了我邻石溪舅舅写的《学院场上话科举》一文，才对此有了进一步的了解。原来是明政权为了加强对科举制度的改革与管理，从明代万历42年（1614年）起，就将江苏省学政移驻江阴。学政其位与督、抚平行，为二品大员，三年一任，衙署范围庞大，曾被誉为"江南官署之冠"，现仅存"仪门"（学署的第二进大门）。移驻江阴后的首任学政名王以宁，共有124任113人在江阴任职。江苏学政辖全省八府三州，包括江宁、淮安、扬州、徐州、苏州、松江、常州、镇江8府和通州、海州、太仓3州，经过考试，选拔秀才。八府三州，轮番考试，学使要四处奔走，非常劳苦，有"日日大年夜，月月忙搬家"之叹。每次大约在五月，轮到常州府停止"院试"，于是常州府属武进、阳湖、宜兴、荆溪、无锡、金匮、靖江、江阴八县考生，都从四面八方赶来江阴。江南水乡，交通当以水路为主，青阳作为江阴的南大门乃考生们必经之路。考生应试所乘舟船一定会通过二桥，船过南新桥，桥堍有座庙，考生停船上岸，进庙行香祈祷，希冀连中三元，"三元桥"便由此得名。而北新桥旁有魁星阁，考生途径此桥必拜谒魁星，特别是应试得中的秀才荣归返乡时，必来魁星阁敬谢魁星，故北新桥又云"迎秀桥"。可见500年前的青阳已是何等的风光。所以题之百年，言其历史悠久而已。

青阳三桥中最有建筑价值的还是中新桥。宋时建木桥，明宣德年（1435年）重建石拱桥，清乾隆二年（1737年）又重新修饰。沿河两岸筑四个水码头，大桥两坡石阶台阶各三面滑坡至四街河沿，俗称"一桥六坡十码头"，此种石桥结构即使在遍地是桥的江南亦属罕见，可在中国建桥史上书写浓重的一笔。

当年大学毕业在青阳高中教书，外人为我惋惜，且不说当年大学生之金贵，而从无锡到江阴似乎更是凤凰落难。而我则对这五年的教书生涯甚为珍惜，经常还用钱穆、叶圣陶等前辈的经历勉励自己。每次走过校门口已有百年历史的庆云楼，我总喜欢用手抚摸素朴的清水墙，一种历史感会油然而生；或者春夏之夜散步在荷花池边时，我也喜欢蹲在石埠头上，用一只搪瓷缸舀向水里，满满的一碗螺蛳会带给我丰收的感觉。当然还有那些50、60年代名校毕业的老教师们，他们给我的温暖和指引，一直是我宝贵的人生财富；还有那一届学生，那些我的得意门生，他们从青中出发已经走得很远很远。虽然我在青中的时间很短，但留下的印记很深、感叹很重、收获很多。

单身住校的五年里，得到了太多人的关照。朝夕相处宛如家人的是和我住一个宿舍的姑娘们，其中冬梅比我小，却反

而像一个小卫士保卫着我。秋天的傍晚,年轻教师踩着落叶,沿着校园里的小径,去到住在操场后面教工家舍里的撒应潮老师家,撒老师夫妇是苏州人,虽安居乡野,精致生活一点没减,两口子亲手为我们做的正宗宁波汤团,滋味至今难忘。在我生病之时,送来葱煎鲫鱼的是美丽的解惠君老师,解老师就是青阳人,当时我想江南出美女应该就是指的解老师吧,其爱人其时主政青阳,但她丝毫没有官太太的架势,始终关心着每一个人,直至离开青阳,我们还有联系。还有那些朴素热情的家长们,端午的粽子,中秋的麦饼,冬至的米团,全产自江南肥沃的鱼米之乡,出自水乡淳朴的农民之手,让你无法拒绝,让你永志不忘。

离开青阳二十年后,2006年的教师节,我工作的教研室门卫打电话告诉我,有一个江阴人来送花,惊得我说不出话来。出得办公室,接来客人一问,才知道原来是我青阳高中的学生谢刚得知了我的近况后,委托他在中国海洋大学上学的侄子代表他来送花。20年后能在他乡收到来自江南的学生的祝福,人生中能在江南古镇留下这样的一段足迹,也是无悔了。

祝福你,百年青阳!

水之魂——周庄

周庄是枕在水上的，水就是周庄的灵魂和梦境。我若善画，当早去周庄，写意不尽。却在冬雨飘洒的日子，才从上海去了周庄。

窗外落雨纷纷，到了周庄，却已经看不见她，漫天飞舞的雨帘把整个周庄包裹得严严实实，恰如一个盖着花盖头的待嫁女子，羞怯怯、泪蒙蒙，不愿走又不言语。穿过镌刻着"贞丰泽国"的石牌坊，我便看到了似曾相识的周庄，弯弯曲曲的石径，傍河而居的人家，拾级而上的小桥，咿呀摇橹的蓬船，一点点，一片片，呈现在我的面前。下雨天正好适合一个人漫步周庄，因为周庄是喜静的，九百年来她一直静静地在昆山，在江南，在水上。

一步步走在石路上，仿佛走在故乡的小街上，同样古老的墙上，记载着岁岁年年的历史痕迹；同样倾斜的石栏，勾勒出河水年复一年的流向。走着走着，我感觉是在端详一位老人的容貌，赭黄的皮肤，深灰的长袖，银白的发须，没有亮丽的色彩，没有簇新的物件，可她就是那么执着地镌刻在你的心上，挥不去，抖不掉。

有时我想，九百年来，多少人事沧桑，多少灰飞烟灭，周庄

却总是静静地矗立在那儿，避开了战乱，躲掉了灾荒，原来只因为她的交通不便。现在便利的交通，使她更加富裕，却又失却了宁静。这是一方怎样的水土，总能以最独特的方式养育一代又一代的周庄人，使周庄人守在家门口就能丰衣足食，就能知晓外面的世界。

周庄水多桥自然多，周庄人推窗就见"东方威尼斯"。原来建桥的人只为了方便乡人过往，谁知如今世德桥、永安桥已成为周庄的标志性景物，只因为这美丽的双桥，在陈逸飞的《故乡的回忆》中得到了最极致的表现，红色资本家哈默又买了这幅画送给了邓小平，周庄双桥名扬海外后又回到了祖国。

横竖跨在周庄银子浜和南北市河上的双桥，亦被人称作钥匙桥，桥面不宽，桥下可摇船通过，乘船的人悠悠地被船娘的船桨摇过一座座拱桥，河上人家的粉墙、黛瓦、格窗、砖檐，一一倒映在水中，船槽划过又把倒影揉碎，斑斑驳驳，深深浅浅，成了一幅幅水墨画派的印象画。小船走远了，水面的画卷却还在铺展。

于是我想，只要水上有船，水上便永远有画；只要水上有人，水上便永远有景；只要水面有风，这画面便永远有新的主题和新的意境。于是我想，这双桥之所以被称作钥匙桥，大概是因为离开故乡的游子只有走过了这座桥才算打开了回家的大门，走进了母亲的怀抱吧。

以前周庄交通不便，但却有水通往外面的世界，总能让人静悄悄地来又静悄悄地离开。所以近代爱国文学社团南社成员柳亚子、王大觉、陈去病等选择秘密集会在"迷楼",上海中华书局曾出版过柳亚子的《迷楼集》,书中的诗就写于周庄。为了记住"迷楼",我特意在小巷对面的棋楼怀抱沉重的大"象"石棋子留影,算是对"迷楼"作的注解。与于右任一起创办《民报》的叶楚怆,亦是周庄人,离开家乡参加辛亥革命,家中常有书信寄来,他为了革命彻底,不为家事分心,一封不拆,家书压箱,直到辛亥革命取得胜利,才捧读家书。如今叶楚怆的故居已经修复,不过旅游团的游人一般少有光顾。只是我这个江南人,到底总是惦着江南人了。热闹总是游人的,我,一个离乡多年的游子,还是喜欢寂寞如水在心中流淌。

周庄是不适合走马观花的,大多数游人都是急急忙忙走过石巷,急急忙忙穿过张厅、沈厅看著名的风景。其实,清晨、入夜,雨中、雪里,春花、夏果、秋风、冬雨,无论何时何景,最适宜你一个人静静地漫步,和周庄默默地对望、悄悄地耳语。抬眼望一下木窗棂,伸手触一下铁门环,心里默念一下门对联,勾头回顾一下石鸟兽,触手摸一下缆船石……这些都是周庄独有的,你多看看、多读读、多摸摸、多听听,也许还能沾染一些江南文化呢!

离开周庄的时候,雨越发下得大了,大雨滂沱下的周庄,更加默默无语,显得虚无缥缈。我虽不擅丹青,但对江南早已丹青不渝。"看山看水独坐,听风听雨高眠。客去客来日日,花开花落年年。"停车场上游客众多,我似乎听见周庄在呻吟,轻点轻点,慢点慢点,别惊了水,别惊了历史老人的沉思……

再读同里

对同里的记忆留存于上个世纪。有机会回江南开会，会议结束后几个人结伴游览同里，只记得那时中国的旅游正方兴未艾，一群因开会而相聚的人，赶路似地走在车水马龙之间，淹没在人山人海之中。十几年过去了，当同伴在路过同里的高速路上，问起我对同里的印象时，我竟一时语塞。是啊，同里留给我的，只有退思园了，只有退思园里那一池红鲤鱼了。

"那就再去一次。"同伴油门一踩，车子随即改变了原定的方向，转而直奔同里而去。

到了同里，我竟已找不到同里。同里镇口那些临水而筑的别墅，成了姑苏人的乡间天堂。笔直的古镇街道，街道两旁新砌的粉墙黛瓦，这还是我曾经来过的同里吗？

问过行人，我和同伴走过长长的联结外面世界的主街道，步过几座石拱桥，右行百米，才找到同里景区的收费口。原来同里人已经慷慨地把曾经属于他们的世界让了出来，他们住到了同里外面,游人们来到了同里里面。

同里有船,数不清有多少条,但我们没有坐,只在石舫上留了个影。

同里有桥,据说一共有49座,但我们没有走,只在桥栏上歇了歇脚。

在我前去买票的时候,同伴已讲好价钱,定下了一部"黄包车"——人力车。看我怀疑的表情,车夫说:瞧看车(江南人念Cuō)子小,穿街走巷,方便实惠,你不会后悔的。于是我和同伴坐上了人力车。车夫蹬得欢快,车子一溜烟就已经到了第一个景点的门口,车夫告诉我们,他把我们送到景点门口,一会儿他会在后门口等着我们,让我们慢慢游览,不必着急。有这等好事,同里民风淳朴啊。果然,当我们走出第一个景点的后门时,车夫已经满脸笑容地候着我们了。有时候遇到上桥爬坡,瘦小的车夫必下车推行,我自感剥削有罪,正欲下车步行,同伴抓住我,悄声耳语:我会多付钱给他,不要破坏他的劳动兴致。我也就释然坐之安然享之了。同里的车夫既出力又引路,好似一本书的目录,真的给我留下很好的回忆。多亏车夫,我们用了不到三个小时,就游遍了同里大多数要紧的景点,饱览了小桥流水,却省却了腿疼日晒,还有时间在水果店里买了一大些想吃的水果解渴。

若你再问我对同里的印象,我会告诉你:

同里,是胡同非胡同,似里弄非里弄;

同里，是一弯细长的微黄上翘的弦月；

同里，是一卷线装的烟蓝封面的古书……

古书的前言是宽大大的石牌楼，密匝匝的店铺面，清爽爽的青砖地，已然明清市井的旧时模样。看见店里陈设的吴剑，自然想起大学中文系创办的吴钩杂志；那摆好的花扇，俨然使你走进了故园民宅的古戏台子；张开的纸伞，像是蓦然看见雨巷里走来的丁香姑娘……

古书的第一回，是嘉荫堂、崇本堂、耕乐堂，各种式样的花窗，各样景致的天井，各位主人的爱好，"闲居足以养老，至乐莫如读书"。一块块厅堂匾额，一副副书房对联，弥散着那段岁月的烟云，写满了那个年代的故事。

古书的第二回，是长庆桥、吉利桥、太平桥，不同的跨度走向，不同的台阶数量，不同的制作工匠，一座座历经大自然风风雨雨的洗礼，一级级见证小镇岁岁年年的沧桑。

古书的第三回，是同里湖、罗星湖、九里湖，湖面斑驳陆离的倒影，湖边吴侬软语的人声，寺庙里袅袅的香火，变了的是湖面的风景、老宅里的主人，不变的是百姓一日三餐的平常日子、祈求平安的内心渴望。

……

当然，古书是翻不完的。

古书的高潮，是静立一隅的退思园，依然地安静，依然地热闹。安静是园的秉性，热闹是人的天性。清风明月无需买，进退思之心自知。退思园的主人任兰生，大概永远也不会想到，在他身后的今天，他当年为远离仕途，历时两年刻意建造的、取《左传》"进思尽忠，退思补过"之意命名的退思园，今天已经成了荫蔽后人的宝地。人们从纷纷拥进繁华热闹的城市，到纷纷回归静谧安详的小镇，这也是一种退思么？走在退思园的园廊里，抬眼望，"松菊犹存"的匾额，字迹还是那么笔力苍劲，老到力透；坐在九曲石桥上，随意看，一丛翠竹、一棵香樟，还是那么气息芬芳，悠然自处；站在退思园的石舫上，左手28扇木格窗总是只打开21扇；对面望，条条锦鲤、块块湖石，还是那么亲切熟悉，动静映趣。走过，我带走了绿意和惬意，留下，我留下了笑容和依恋。

古书的尾声，是河面小舟上鱼鹰的鸣叫。浑身黑黑的鱼鹰，江南人叫它水老鸦，长得很像乌鸦，却从不惹江南人讨厌。在江南渔民的生活中，鱼鹰可是好帮手呵。江南的河道，水浅面窄，大网撒不开，钓竿又太慢，鱼鹰是最经济实惠的捕鱼高手。过去时，不劳撑船老伯费力，就这么划着小船在小河道里溜一圈，鱼鹰就能为老伯叼来小半舱鱼虾，把大鱼大虾搂在竹篓里，明日往集市上一摆，不消几个时辰，全家三日的开销钱就有了。余下的小鱼小虾，足够全家人的荤腥和老伯晚上喝酒的下酒菜了。只可惜现在的鱼鹰，已经成了古镇上活动的风景了。

古书的女主人公，站在承平盛世的古戏台上，清婉哀怨地

唱着闺阁怨尤、莫名春思,那水袖、那莲步、那眼眸,情深深,意切切,心急急,恍然如昨,恍然入座。只可惜古戏台下已经衰草披离,观众只有我和同伴。

古书的男主人公正坐在退思园的书房里,不理朝政的他,有了更多的时间,交友、读书、画画、写字、看戏、养鱼,种花。那昨夜看到的杜丽娘,始终在他的眼前挥不去抹不开,而他也已把自己活成了柳梦梅。

想一想,在一轮弯弯的上弦月下,裙裾飘飘的女主人公,坐在后花园的秋千架上望月出神,玉树临风的男主人公,着一袭月白长衫,握一卷烟蓝封面的《牡丹亭》,此时,正穿过穿心弄,沿着五鹤门楼,向女主人公走来……这没有《红粉》,也无关《风月》,这就是同里!就是同里啊!"从今至古,自是佳人,合配才子。一个文章天下无双,一个颜色寰中无二。"才子佳人在同里总是要相遇的!

日暮乡关是甪直

一直把甪直当成自己江南古镇行的主题，是因为，我曾生活在离她那么近的地方，近得触手可及，但总是无缘相见；是因为，这个"甪"(Lù)字，经常有人拿它来考察我是否是真正的江南人；是因为，叶圣陶先生曾经在此当过5年小学教员并将身后的世界托付在这儿；是因为，费孝通先生用左手书写的匾额"神州水乡第一镇"一直在招引着我；是因为，我不知道2500多年的历史长河里小镇曾展现出了多少诗情画意？

车子就停在甪直古镇的入口小广场，边上一溜都是留客住宿的客栈酒店，今晚，船靠码头人靠岸，看来我们是要住在这儿了。

太阳已经落到西街的屋脊上了，同伴说：借着夕阳的余晖，今天我们只能走马观花了，今晚歇下，待明天再细细游来吧！

于是我们就在甪直人摆桌子准备吃晚饭的当口，走马观花起来。早就知道，甪直有三多：水多、桥多、小街多。水多，

古谓"五湖之厅"、"六泽之冲";桥多,原有宋元明清古桥72座,现存41座;小街多,才有人说,甪直的"甪",是象形之词,表街道众多之意。东南西北,工整临河,怎么走也不会迷路,两岸居民,朝夕相处,一派雍和古风。

在小镇人和善的眼神里和丰盛的饭桌旁,我们走过一座桥又走过一座桥,穿过一条街又穿过一条街。小镇著名的景点,都标写在了质朴的指示木牌上:王韬故居、万盛米行、保圣寺、斗鸭池、清风亭、叶圣陶墓地……当我站在"叶圣陶纪念馆"的大门口,眼前仿佛看到叶老与夫人同在这里当老师的情景。眼前的"叶圣陶纪念馆"就是当年叶老执教的学校,在甪直这所小学校里(当时叫做吴县第五高小),叶老不仅进行了一系列的教育改革实践,捐款办书店和阅览室,开设手工课,而且还建设了"生生农场",寓意先生和学生教学相长、生生不息。只是日暮时分,纪念馆也和其他那些景点一样,大门已经关上了,纵然我们远道而来、慕名而来,关上的大门也不会打开了。莫非小镇人就是这么好客,他们留客是不用说话的?景点旁边的居民热情地告诉我们,明朝吧!明朝再来吧!今朝可以住下来,镇上的夜景蛮好看的。住下来吧,住下来吧!

终于又回到了小镇入口的小广场,我们浮光掠影地看了日暮中的甪直,所有的景点都没有看到一个究竟,所有的景点其实都早已写在我的心里。

你看,翻翻我们的语文课本,里面有多少甪直的景点和故事？

　　家父念书时，读过大作家叶圣陶和大画家丰子恺合作的小学语文课本《开明国语课本》。曾当过10年小学教员的叶老，对于儿童的世界格外热爱、格外青睐，我们这代人，谁又能忘记那"稻草人"的形象呢？现在的孩子，初一的时候，读过《古代英雄的石像》，初二的时候，读过《苏州园林》……我上学的时候，虽然文学园地荒芜，也还是读过《多收了三五斗》和《倪焕之》。最清楚的是《游了三个湖》，因为家乡，最喜欢的是《五月卅一日急雨中》，因为情感。叶老应该欣慰，连他的孙女叶子的文章《到处都是泡泡》也已入选在高中语文课本里了。

　　广场上的车停得有点杂乱，好像全然没有人管理，好像一切还像以前那么自由自在。只有名为"甪端"的古代瑞兽矗立在广场中央，守护着这个悠闲散淡的小镇，而这也是甪直另一个名字得来的原因。是有典故出处？还是纯属虚拟？反正代表了小镇人的美好愿望，代表了江南人的前世今生。

　　甪直，确实是我早已计划要好好看看的一站，确实是我江南行中最难找到的一站，也确实是我古镇游里停留最短的一站。难道是因为我心中的渴求太多，甪直怕承载不了我对她的期望？难道是因为古镇的街巷太多，阡陌街巷，还没有完全在我的面前展现她最真的容颜？

　　走出甪直的辰光，只见弄堂口的人家，靠近家门口的炉灶还在往外冒着炊烟，这家大概还在用着老式的煤球炉灶，从泉

象上升的炊烟中，我依稀看到了一些旧日的江南气象。

日暮听归鸟，烟柳斜对岸。

我在夕阳的余晖里踏进甪直，又在日暮的炊烟里走出甪直。江南游子到甪直，日暮乡关是甪直？那么，甪直，作为旅人，今夜我先与你作别，日后我再来看你，可好？

月亮升起在东山顶上

去东山恍恍惚惚是月亮的召唤,去东山冥冥之中是记忆的牵引。

天且黑,山重水复,杨柳岸,今宵不知何处?

见路标,柳暗花明,月如钩,东山就在前方。

通往东山的滨湖大道已经少有人影,我们的车一路疾驶,将一切远远地甩在身后的夜幕之中。

对于今天的旅程,从来没有规划和打算,因此今天的行程也就一直没有主题,随心所欲,随车所至。不过几许斜枝旁逸,反倒成就了一树疏影,博得个满树花香。行程没有了终点,前方等待我们的将是什么?我的心中无端涌起阵阵莫名的兴奋。人是否都这样,莫名的前方永远给人莫名的挑战?

一进东山,便隔着围墙看到灯光掩映下亭台楼阁的东山宾馆,咨询到的高昂房价和杯觥交错的热闹情景吓退了我们。索性沿着东山的环岛路,一直向西开去。穿过热闹的夜市,向灯火阑珊处驶去,突然间雕花楼的大铁门已在车窗窗外,这不

就是顽固占据我回忆的雕花楼吗？雕花楼，前度刘郎今又来。向里，泊车。门卫追上来，指点我们，住宿请往里走，没想到如今的雕花楼还有了留客之所。

站在大树底下，环顾四周，偌大的园子里，凹形的建筑群，庭院深深，花木摇曳，影壁上方"雕刻大楼"四个大字模模糊糊看不清楚。我穿过一个月洞门，又绕过一段花园小路，终于找到了一盏灯。一脸和气的女经理热情地接待了我们，在我上楼考察房间的当口，同伴已经麻利地办好了入住手续。提着行李上楼进屋，我才彻底明白，新装修的雕花楼宾馆，刚刚修葺一新，古色古香的风格，现代化的内部设施，今夜，雕花楼宾馆像一个还未挑开盖头的新嫁娘，而我成了出席喜筵的第一个远道而来的客人。今夜，我拥有整个雕花楼。

同伴有点头疼，先去歇息了。我坐在房间窗口的卧榻上，大红绸缎的坐垫软软地将我陷了进去。推开窗户，月亮已经升起在东山顶上，院里的花卉，在月光的笼罩下静如处子，散发着淡淡的清香。如蔓的夜雾已经铺开，如水的月光已经渗向房间。突然地就有点伤感，突然地就想起听过的一首歌：白月光，心里某个地方，那么亮却那么冰凉。每个人都有一段忧伤，想隐藏却在生长。白月光，照天涯的两端，愈圆满愈觉得孤单。下面的歌词已经记不全了，只记得还有一句"你是我不能言说的伤"，如今想来，还是特别地感伤。离家是那么近，故乡已触手可及，阿爸姆妈是否安康？

梦中，雕花楼的门一重一重在我面前打开了。

在梦里，雕花大楼里的砖雕、木雕、金雕、石雕、匾额、彩画、壁画，一件件凹凸有致，一幅幅鲜明有趣。像迷宫一样一道又一道的暗室密道，像捉迷藏一样看起来两层实际上三层的雕花楼，终于让我迷失在其中，我在寻找同伴中醒来。

梦醒，雕花楼的景一点一点重现在我的眼前。

有"江南第一楼"美誉的雕刻大楼，历史不长，建于20世纪20年代，位于苏州太湖景区，取"向阳门第春常在"之意又名"春在楼"。在香山帮匠人的高超手艺中，雕花楼成为一座"无处不雕，无处不刻"的东方雕刻博物馆。

雕花楼，是应该走进去细细体味的。

走出雕花楼宾馆，走向与宾馆比肩而立的雕花楼，中间竟然要穿过一座状元府第，原来昨夜穿过的月洞门便是连接雕花楼宾馆和雕花楼的状元府第。是我上次来没有注意还是最近才修缮？不得而知。我只是在心里感叹，多少年过去了，雕花楼隔壁到底住的是哪一朝的哪一位状元已不重要，只有智慧聪明的工匠们精雕细镂的雕花楼吸引着一批又一批南来北往的旅人。

你迈进她高高的门楼，气宇轩昂，巧夺天工。砖雕门楼题额写有"天锡纯嘏"四个大字，告诉我们此乃天赐纯金，庄园主正好姓金，短时发迹，炫富于世。门楼上中下三枋雕刻繁花似锦、琳琅满目，且意味隽永、涵义无限，看过一次我记不住，

看了第二次我还是没有记住，反正都是长寿多福、富贵多子之意，还是诸位自己去慢慢欣赏吧。

你走入她的厅堂，书卷气依然扑面而来，架上的书籍似乎刚刚擦拭一新。"金石其心芝兰其室，仁义为友道德为师。"从东边的"居仁"门进去，由西边的"由义"门出来，在后边的"厚德堂"驻足，到前边的"牧心轩"小憩。在雕花楼，你无处无地不沉浸在主人"礼乐既修祥光是集，经传所载明德为声"的家训文化中。

你登上她的高楼，虽然楼梯早已经陈旧得发出嘎嘎声响，卧房里的家具还是一应俱全。主人卧室，少主人新婚卧室，女儿绣房格局，坚守了中国家居文化同中有异、书香门第的传统，但在传统唯美中又借鉴近代西洋实用的作派，从中隐约可以感到近代中国与外国的交往。记得第一次到雕花楼的时候，我还在厅堂的陈设物中看到一只外表漆成粉红色的煤油炉，江南人叫洋风炉的。炉子底部装煤油，江南一带叫洋油；炉子中间有一扇非常精致的小门，用来点火，大概有12到16根灯芯一直通到炉底的煤油里，灯芯是用细白的棉线搓成的棉条做的；炉子上部是放锅的围式炉罩，上面还有镂空的图案装饰。当时看旁边的解说词，说是当时中国第一批从外国进口到上海的煤油炉。为什么会对这么个小物件记忆犹新，原因是我也曾经有一个，完全一模一样，我相信是一批的。当年我大学毕业到江阴工作，住在单身宿舍，是家里的这盏色彩鲜艳、小巧别致的煤油炉,为我单调艰苦的单身生活增添了不少家的温暖和温馨。可惜的是这次到东山,雕花楼里的这只煤油炉不见了,而属于我的那一只,在调离江阴的时候也忘了带走,估计早已被当作陈年旧物遗弃了。其实人生走过的路途上,被遗弃的又岂止是一只小小的煤油炉呢,就让它们带走岁月的风尘吧,就让它们留在记忆的深处吧。

然后你再去她楼顶的后花园看看,远处东山尽在眼底,山峦起伏,秀峰挺拔;近处树冠如伞,女儿墙的花砖在阳光下质朴如古镜,触手可摸;更让人惊奇的是楼上四周的窗户,镶嵌上了五彩玻璃,透过不同颜色的窗户往外看,好像转眼间就四季轮回,走过了一年。

雕花楼,是应该住下来细细体味的。

所以我最喜欢的还是月光下的雕花楼,青砖黛瓦在朦胧的月色下,好像在水里洗过一般,黑黑发亮;高高的院墙静穆不语,浑身上下散发着近百年来历经的沧桑古朴。月夜里的雕花楼,如此地孤单,孤单中又变幻过多少丰富的人间风云;月光下的雕花楼,如此地幽静,幽静中又上演过多少热闹的家族故事。

你一步步走在雕花楼的厅堂上、天井里、楼梯口、偏弄中,一遍遍想象在雕花楼里出生、老死、笑过、哭过的个体生命,都能一次次撞击每一个来雕花楼的旅人过客。我问自己,为何会去而又回?是雕花楼里有似曾相识的物事家什?抑或是雕

花楼里有如梦似幻的儿时影像？也许都有吧！也许，人生的每一个足迹都是有印记的吧，恁你是谁也无法抹去。

　　在离开东山岛的时候，我们在环岛路上绕岛一周，放眼望去，湖上帆影点点，风儿送来鸥鸟声声，似乎在说：不去，不去。我，在枇杷树下逗留，在太湖水边濯脚，在古村牌楼下徘徊，在太湖巨石旁依偎。东山，已经变成鸟的天堂，变成东山人的天堂，变成我们每一个旅人的天堂了……

秋风推得乌篷行——西溪

　　大学时代曾经在姑苏南门码头，与小弟、帼亚和刘敏，四个十几岁的孩子，每人花五元钱坐了一夜的运河船去了杭州，看了一夜的星空，听了一夜的水声。星空下才发现运河是那么美、那么静，偶尔，黑黢黢的桥上还有急匆匆的晚归的农人走过，点点光亮在水面跃动，竟不知是岸边人家的灯光还是天上倒映在水里的星光。几个外出求学的少男少女，就这样离开父母的手心，自个儿踏上天堂杭州的土地，直奔父亲故事里描绘了无数遍的西湖，内心深处还希冀在断桥上看到许仙和白娘子的身影。于是接连几天，就以西湖为中心，不是行走在苏、白堤上，就是荡悠在湖上的小船舫里。巧的是，围着西湖转的六天，正好是晴三天雨三天，晴天的时候，真的就看见了映日荷花别样红的惊艳，小雨霏霏的时候，撑着小伞花港观鱼的情趣也是盎然，大雨袭来的时候正在钱塘江大桥上仰观英雄蔡永祥的塑像，虽然湿透了衣裳，但还是热血沸腾、豪气万丈。回家后喋喋不休地和父亲汇报一路所见所闻，没想到父亲笑了笑说，回

来就好,但杭州真正的美以后还可以多去看看的。

后来又经常去杭州,在朋友的悉心指点下,才对杭州之美有了理性和感性的领悟。

对大多数人而言,西湖是唐诗,人人皆知,人人都看;西湖之外的西溪,则是宋词,人人亦知,但未必人人都看。

多数人知道西溪可能因着电影《非诚勿扰》,而我对于西溪的向往,则来自上一次杭州的西郊之游。走在梅灵古道上的那种感觉,似雨中的空寂又似晴天的空幽,直到徜徉出童年时的老歌在心头悠扬,"远处有蛙鸣悠扬……听那脚步劈啪劈啪响……伴我回到童年的时光"若断若续,如影随形。但是那次由于时间很紧,西溪只是让我惊鸿一瞥,我惊诧其大、惊艳其美,但是没能细细观赏。

这次去杭州,尽管已是留得枯荷听雨声的深秋,但我游兴盎然,还决计一到宾馆住下就去西溪,免得夜长梦多又擦肩而过。本来听朋友说,去西溪有两条路,北山路近,但是因为人多好似《清明上河图》里的集镇,闹得人心情也没了。从被梧桐夹着的南山路折入虎跑,头顶窄窄的蓝天陪你入山,幽幽的山景能进入人的心里。但我时间有限,只能抄近道上了北山路,没想到可能是中午,路上竟少有行人,过望湖楼,过断桥,过岳坟,一路风景旖旎,沉醉在年少时走过的景致里。

眼前就是西溪了。我到过许多湿地,但是西溪湿地之野趣、之丰富、之静美,还是令我吃惊。河道相通、小桥相连,你可能说她像西塘；粉墙黛瓦、鸡脚拌牛（大门上用来扣锁的旧式装置），你可能说她像甪直；船头艄公、吴音媚好，你可能说她像乌镇；檐下鸡笼、溪边莲蓬，你可能说她像东山……但她什么都不是，她就是西溪，一个蒋村和她周遭的山、水、桥、亭、台、楼、花、树、草演变而成的国家级湿地公园。

早在东晋时期就已经被发现的西溪，在杭州高速发展的时期，迎来了她的盛世华年，重新开始书写新的历史篇章。虽然伫立木栈道上，满池的荷花只剩下残枝枯叶，民工们身穿胶皮衣正站在半人深的水池里开始清理，但是当同伴站在水边留影的时候，我忍不住把照相的和被照相的人都收进了自己的镜头，套用卞之琳那句老话，正所谓，你站在水边看风景，看风景的人在水边看你。进了西溪的每一个游客，都成了西溪美丽风景的一份子，连蹒跚走在石拱桥上的一双小囡，都晃晃悠悠摇曳成了风景中的美景。

在西溪，无论你走石桥、过小溪，抑或是逛街市、叩民居，抑或是推水磨、看流水，抑或是穿曲径、登高台，一路走一路看，都会觉得不过瘾、不够酣畅淋漓、不够称心如意，这是因为你在任何一个江南小镇，都可以或可能有这样的感觉。如果你就这样走走，又这样走了，一定会恋恋不舍、流连忘返。所以你一定要在西溪乘船而行，看着清澈的水流和两岸蓬勃欲飞的芦苇花，感叹着"一叶扁舟，闲看芦花"的美妙。

在西溪，人们管坐船叫打"船的"，打"船的"则有两种方式，

一是机动大船，犹如所有大江大河中的运客船，稳稳当当却失却了一些韵味；二是摇橹小船，有一位现代艄公，摇着乌蓬小船，带着你穿梭在西溪的小溪大河深池浅流中。我义无反顾地上了摇橹小船，一打听艄公名叫郑雪，但却是个蛮英俊的江南汉子，他一边摇橹一边还自发担任导游，用洋泾浜的浙普话为我们介绍两岸的植物。我告诉他自己也是江南女儿，不妨用吴语和我交谈，于是小船上响起了一阵吴语。从郑师傅的口中，我知道蒋村人已经全部搬进城里，为了保护这块绿色之肺，蒋村人搬离了祖祖辈辈居住的村庄，告别了鸟语花香的村野，放下了蚕匾和泥锄，再也不能在石驳岸的小码头上洗衣浣纱，再也不能在炊烟袅袅中赶着老牛回家……我感动于中国农民的质朴，更慨叹蒋村人的大度胸襟。

在这个芦花怒放的季节，在西溪，芦花成了一个模糊的概念：芦苇、芦荻、白色的茅草……经过郑师傅的介绍，我又认识了叶子窄窄的柳芦和高高挺立的竹芦。微风过处，一丛丛的柳芦像浣纱村姑的长发垂落在水中，只是发黑芦白，小船划过时，一箭箭竹芦又像红缨枪一样高高刺向半空，只是白花取代了红缨。"蒹葭苍苍，白露为霜"，满目芦花，让我情不自禁地在芦花掩映的木桥上留影纪念。虽然看不到西溪杨柳岸边桃花灼灼的春日风华，虽然听不见西溪十里荷花一片蛙鸣的夏夜交响，但眼前这摇曳生姿的"河渚秋雪"，已足以让我沉醉不知归处了。

听专家说，西溪其实不算严格意义上的湿地，她还是江南水乡河网纵横、湖汊遍布的景致，那村口合围而抱的三棵大香樟树，似乎就不是湿地该有的大乔木。因为没有过度开发，因为没有人为破坏，因为水多植物更多，西溪湿地就应运而生了。但不管怎样，到了西溪，你所有的器官用来感受都嫌不够，你只能以天地之间作为自己的家了。于是便想在这置一亩地，筑一茅屋，守一个人，静坐，喝茶，一纸铺桌，天天写作，一窗风景，时时发呆，如此一辈子便好。

途中，我们泊船上岸，去了观光水道，在玻璃隧道里，看鱼儿在身边嬉戏，看水草在水中摇曳；途中，我们的小船与对面而来的小船擦身而过，一声招呼，两句戏谑，各自欢笑而去，笑声却把夕阳招来，天边的夕阳成了水里的碎金，岸上的白茅在镜头里定格成了剪影。重新上得小船，夕阳已经坠落到远处的黛山之中，郑师傅说天光已晚要急忙赶路，于是在一阵咿咿呀呀的橹声中，我们在高庄出口的坡地上登岸，应郑师傅要求，我飒爽英姿地抬脚蹬船，送小船像一支雪橇滑向对岸的树丛苇蓬里……

西溪实在太大，我们从主入口周家村进去，坐电瓶车，乘摇橹船，走街串巷，半天时间竟不能尽西溪美景之一二，西溪春夏秋冬时时有景，三堤十景处处是景。你去吧，相信一定会有栀子一样的花香，一定会有莲子一样的爽甜，一定会像掰开白藕一样有恋恋不舍、丝丝不断的感觉……

朝朝暮暮朱家角

连我自己也没想到,在草绿花红的六月,能两次踏上朱家角的"放生桥"。站在高高的放生桥上,朱家角已呈现在我的面前,真得小的只是一只角——一只漂在水中的红菱角。

两次去朱家角都恰好在朝暮之间,第一次和知心朋友结伴,相随而去,登舟而行,风行水上,朝阳如沐。第二次受企业CEO之邀,成群而游,穿行里巷,夕阳披身。朝朝暮暮之间,大概也表达了我心中对江南古镇之行的渴念,从小生活在江南水乡,因忙于生计,因浪迹北方,却久违了江南,久违了儿时的梦。

朝阳下的朱家角,用一副朴素的邻家女孩模样迎接我们,路过"每周弄",走过"慈门街",穿过"石牌坊",就踏上了"放生桥",这是朱家角的最高景点,也是视野最宽的观景点。同伴很熟练地雇上了一条有竹棚遮荫的游船,从放生桥下的码头正式踏上了我们的朱家角行程。船家竹篙轻轻一点,小船便又快又稳地驶离了岸边。船家满面笑纹,殷勤问话,我也用久已不用的吴侬软语跟船家搭讪,一路说笑。

朱家角之行，在水上舟，在眼中景，在心中情。

朱家角的水，是鲜活的。虽没有湖海的气势，但她泛着涟漪，捋着水草，活泼泼地向着运河流去，向着江海流去。

水上的小舟，是轻盈的。虽没有贡多拉的富贵，但她散发着原木的清香，咿呀呀地向阿婆茶楼划去，向小镇更深处划去。

我的心是欢快的，人坐在船上，眼看着岸上，笑写在脸上，诗刻在心上。

曾听人说，"千只角万只角，勿及上海一只角"。话虽然说的有点绝对，但对购物天堂的上海来说，作为人文旅游资源的朱家角还是可圈可点的。对上海人来说，只要有半天空闲，一踩油门，就可以吃到朱家角的湖鲜，那也是很实惠很有诱惑力的。

犹抱琵琶半遮面的娇羞，使朱家角少了些喧哗，少了些市味。我和同伴肩并肩坐在船头，船家为我们合影留念，站在小石桥上的老外也向我们举起了相机，没想到他们自己也早已成为我镜头里的角色。船拐过90度的一只角，与人声悠扬的阿婆茶楼擦身而过，穿过几座石桥，朱家角的单程水上行就结束了。

夕阳下的朱家角，格外娴静，也格外热闹。娴静的是白天的外乡人旅游已像潮水一样的退去，热闹的是摇着蒲扇的阿婆，叼着水烟袋的阿公，用青花碗的碎片熟练剖杀黄鳝的邻家大哥，蹒跚学步牙牙学语的隔壁小囡，全都成为狭窄街面上的

主人公。

我们大队人马到达朱家角时已经是夕阳时分,不见了白天时的游人,连村口卖票的、看车的、叫卖的、导游的都已经回家。相互不够熟悉的一队人,穿行在西街北巷,伴着匆匆的脚步,青石板上响起一片清脆的足音。今晚请客的主人一直客气地陪着我们,为了消解彼此间生疏的感觉,作为曾经的江南人,我站在一座二层木楼下,指着二楼的绣楼阳台,仿佛朝花夕拾,从记忆深处将导游词撷取出来……

水乡古镇的大姑娘小伙子们,谈情说爱都和脚下流淌的小河水一样,虽然天天见面但又默默无语。常听老人们说,一对年轻人,好像从来没有看见他们交往,突然河这面的梁家大嫂家就开了喜宴,阿伦就娶了河对岸的丽英姑娘进门。闹洞房时,阿伦才红着脸交代,原来,小小的手电筒才是连接他们百年好合的红绳。面河而居的两家,二楼的阳台上,入夜以后会定时亮起手电筒的光束。手电筒上下亮三下,一起去小镇的石桥上乘凉说悄悄话;手电筒左右亮三下,一起到码头坐船去看露天电影;手电筒转三圈亮,一圈是我,二圈是爱,三圈是你……

未等我讲完故事,同行者便朗朗笑了起来,夕阳下的朱家角,一行不甚熟悉的人,从此有了一个共同的手电筒话题,从此有了手电筒的光亮在记忆中闪亮。

其实朝暮之间去了朱家角,朝亦朱家角,暮亦朱家角,然朝朝暮暮之朱家角,已永远镌刻在我记忆的朝朝暮暮之间了。

心中的雕花大床——西塘

出了浦东，一直向浙北奔去，我们开始了浙江境内的古镇行，人称金三角的——西塘、乌镇、南浔。

第一站西塘。到西塘之前，是非常渴望在西塘住一宿的，因为无论是旅游网上写的还是朋友推荐的，好像不在西塘的雕花大床上住上一夜，不在灯笼映照下的河边小店吃上一餐，你就没有到过西塘似的。

西塘实在不远，还没有等我们加大油门，高速公路上指向西塘的路牌已经近在眼前，西塘实在太诱人了，我们急切地向着西塘而去。

等我们停好车子，身边已经围上了三三两两的兜售旅游票的当地小贩。西塘地盘不大，旅游的景点可不少，而且都一一印在票根上面，游客每到一处景点服务员就打上一个小洞。而许多旅游团往往为了赶时间，只能选择其中几个景点走马观花，于是就催生了西塘一种新的职业——农民导游，他们采用倒票、售票、领路、骑人力车一条龙服务的方式，在市

场经济的浪潮中滋润地生活着。

于是，我们从老乡手中选择了主要景点还未打洞的两张票，坐上他们的人力车，在景区外围的小街里七拐八拐到了一个景区入口。老乡跟检票的说我俩是旅行社的游客，刚刚和大部队走散了，他是带人来追赶大部队的。正当我们的人力车要通过检票口时，检票员就好像地下党问暗号一样，突然问我们是哪个旅行社的？同伴信口一声太湖旅行社的，就在检票员查验门票存根的当口，老乡紧踩两脚我们的车子就"蹿"进了西塘。没想到我们像鬼子进村一样偷偷摸摸进了西塘，虽然有点惊险，但也意趣不小。不在于少掏了银子，而在乎有了少年时的冒险心情，更何况让农民富起来也不过分啊。

终于站在西塘的桥上了。

终于走在西塘的街上了。

千年风云幻化过的西塘，历来被人称为"吴根越角"，足见其独特的地理位置和悠久的历史。千年绿水滋润着的西塘，狭窄的弄堂里藏龙卧虎，户户寻常百姓人家，处处弥漫文化味道。

对我而言，西塘更像儿时生活过的老家。错落有致的马头墙上，如今已错落有致地安装着太阳能热水器。整齐划一的石驳岸栏杆上，如今已整齐划一地安装着笔直的自来水管道。粉墙黛瓦已不再那么清秀，让剪不断的江南雨丝晕染成一抹浅灰、一片深灰。站在桥头往远看，河道不再笔直的一眼可以看到尽头，河道窄处似乎已淹没在人家窗下，水到穷处；

河面宽时又可以整条街倒映水中，坐看云起。特别是远处石桥那半圆的石拱，执着地亲吻着水里的石拱，圆成了十六的月亮，煞是好看。一支木桨躺在一只小船的甲板上，自觉自愿地让柳丝牵在手中；一个女孩靠在一个男孩的肩膀上，含情脉脉地坐在凉亭的边上……而我们虽然在西塘的游玩时间不算长，却也是好戏连连，亮点纷呈。

摆 POSE 在西塘。水乡摄影，最好的立足点当然在高高的石拱桥上，而最好的背景理应是桥下的流水和两岸的江南人家。于是，在老乡导游的导演下，我和同伴摆出了最为自然逼真的姿态，将心中的笑意、身后的美景一一地留在相机里也留在了记忆中。

遇老乡在西塘。在西塘，每到一个景点都会有导游上来进行义务解说。就在游览"结义亭"时，遇到了一位漂亮的小姑娘，普通话蛮标准，听口音不像江南人。同伴与她攀谈，才知道是在此实习的导游专业学生，老家山东呢。同伴是标准山东人，自然老乡相见格外亲，聊得也就热络起来。聪明的小姑娘直称赞我的这位同伴学问不浅，说得她满面春风。

访宅主在西塘。到西塘之前，曾经看过一篇介绍西塘"三把刀"的文章。这"三把刀"就是"水阳楼"老徐的竹雕、"醉园"王家父子的版画、"桐村雅居"老钱的剪纸。真是踏破铁鞋无觅处，得来全不费功夫。就在我们步行游览街市的当口，抬头看见一间不起眼的石库门上有个题名"水阳楼"的匾额，高高的清水围墙已经长满青苔，小院不大，主人家的女人站在院门口笑面欢迎。听说

早些年这里是不要钱的，但5块钱参观一下也是应该，正好歇歇脚头，我们便付钱进去了。堂屋中央"聚竹堂"的大堂匾高高在上，水阳楼的主人却瘦瘦小小。聊天以后，我们知道，"三把刀"之一的竹刀主人老徐，是西塘镇中学的物理老师，祖居西塘，因自己喜欢收藏和竹雕，十多年前花钱买下这间宅院，布置成家庭博物馆。如今老两口相依相伴，守着老家也守着脚下这塘清水。他们唯一的女儿已是美院毕业定居杭州，父母煞是引以为豪，老屋里到处挂着女儿从小到大的画作。我和同伴一时兴起，竟就着罗汉床上的残局摆起了黑白棋子，主人热情地给我们照相，我却从两位老人的面影上读出了阿爸姆妈的神情，不禁眼睛热了起来，急忙登楼，于卧室的一件件旧家具中寻找儿时的踪迹，于书房的一格格书架上重温少年的追梦。于是，"水阳楼"的小楼上留下了我寻寻觅觅的身影，留下了我收收放放的棋手，留下了我热热切切的眼神。

　　许心愿在西塘。西塘当然桥多，印象最深的有两座，一是五福桥，一是送子来凤桥。同走五福桥是老乡的提议，也是我们的心愿。想象一下，两个大人，像童年伙伴一般，手拉手，在运通五福的石桥上，敞开心胸，迈着大步，开怀大笑，全然没有在单位里的正襟危坐、一脸严肃。两个大人，非常认真地，乖乖地按照老乡说的那样，一大步一大步用五步走完桥面，祈望五福临门、一生如意。谁不希望一辈子幸福如意呢？无论他是少年还是白头。送子来凤桥，形如湘西的风雨桥，整座桥更像一座大房子，人字形的屋顶，黑瓦密匝匝地排列整齐，不透一丝风雨。桥面十分宽阔，被雕花的石栏杆一分为二。左边是拾阶而上的台阶，右边是铺着石块的路面。我们猜想以前一定是左边走人右边骑马，这样一来两厢方便，风雨无阻，我们的古人真是聪明啊。于是在桥上左一张右一张地照相，心里许愿：今生已有子，来世飞来凤吧！

吃小吃在西塘。走了这么多古镇，除了在东山吃过太湖三白，基本只忙于看些什么，已不在乎吃的什么，因为江南风景太多。意犹未尽地走出西塘景区，来到商厦广场，正要上车启程，抬眼看见了"天下第一面"的匾额，好像闻到了爆鳝丝的香味，我和同伴相视而笑，异口同声"吃面"，三步两步走进了店堂。西塘天下第一面，浓浓的汤，细细的面，香香的浇头，我们吃得呼啦啦有声，喝得热辣辣冒汗。风扫残云般消灭了两碗面，心满意足地坐进车里。我放下座椅，正好到了午休时间，哈，把困难留给同伴吧，谁让同伴是老共产党员呢！

离开西塘的时候，还有些为自己没有住上雕花大床而耿耿于怀。后来听同事说，婺源也有雕花大床，婺源的雕花大床只有床头才是古物，床体床垫都是现代新作的，所以睡上去很踏实很温暖，而西塘的雕花大床，完完全全是明清古物，上面承载了太多喜怒哀乐的故事和团圆离别的情感，睡在上面会做梦，有可能一不小心就走进了时空隧道。啊！如果真是这样，还是等来世年少时再来西塘住雕花大床吧，就让雕花大床成为心中永远的一个梦吧！

水上的文学追梦——乌镇

　　从小就听大人说：我走过的桥比你走过的路还多。那时心里有点好笑，不甚相信，视同笑谈。到了乌镇，坐在船头，才彻底明了此话绝非笑谈，道的却是实情。

　　1300多年历史的浸润，十字贯通的内河水系，乌镇会是一副什么模样？

　　冒冒失失到了西栅景区买票，方知乌镇简直不是个镇，内河把古镇一划为四，分为四个景区，当地人称为东西南北栅。西栅收费口曲曲折折的长通道，让我们能够想象到游客多时的景象。我们到西栅的时候，大队人马的旅游团都挤在东栅景区，所以偌大的西栅似乎只对我们开放。

　　与其他古镇相比，乌镇的河，水势大，河面宽。西栅景区毗邻京杭大运河，12个小岛有72座各式各样的桥身相连，据乌镇官方消息，乌镇的河流密度和石桥数量居全国古镇之首。在保护第一、修旧如旧的理念下，原汁原味的西栅古貌，随着我们小船的驶入逐渐拉开了神秘的面纱。

坐在船上，一眼望去，乌镇好像穿上了一件粗布新衣，既古老又清爽，像个骨格清奇、精神矍烁的老者。放眼望去，河道两旁，马头墙的屋脊，有的半圆，有的方圆，两两相对，错落有致；石条砌就的屋基，有的成条，有的碎就，条条块块，排列平整；历经风雨的瓦墙，有的清水，有的灰抹，高高低低，黑白分明。河道上面，小桥串联，有的石桥三根石条搭成一个石拱，宽一点的木船两边划桨将将而过，有的石桥外方内圆，三个圆圆的石拱，里大外小，相映成趣，可以供三条船齐头并进，有时你刚刚撑过一座石桥，另一座石桥已在右边向你招手。街面上的房子，似乎已经少有人居住，无论紧紧关闭的木门还是毫无顾忌敞开的木窗，都少有人声传出，更少见人形进出，偶尔在一户人家的屋檐下垂下两串红红的小辣椒，在窗格里挑出两挂黄黄的珍珠米，也只是告诉你这只是正开着的鸡毛小店。乌镇人已经彻底搬出了自己曾经的家园，但乌镇人还如同爱惜自己家园一样地爱惜着乌镇，他们实在为自己有着这样的一个精神家园而骄傲。

乌镇人的精神家园就是我们此行首先到达的"灵水居"——茅盾墓地。沈先生祖辈居住的老屋在东栅，但东栅的老屋只留下沈先生少年时的足迹，13岁的少年从小立志走出了乌镇最终又回到乌镇。当然"灵水居"里还有其他三人的纪念馆。"灵水居"原来是明代的私家园林，取名"灵水仙居"，战乱时已经损毁，现在照原样修葺后用作沈先生他们的纪念馆

和陵园，真是最契合乌镇人的心思了。

　　沈先生生于斯葬于斯。一代大家的身后家园会是怎样的风景？我没有猜想，实在也难以猜想。是法国先贤祠里伏尔泰供人瞻仰的棺木，还是俄国托翁那简朴得长长的土堆？

　　身居高位的沈先生，留给我们的只是清清爽爽的一个墓地。走过不长的石头弄，迎面是一堵旧砖头砌就的清水墙壁，顶上是黑瓦做成的简陋的檐饰，墙的中间是臧克家亲笔敬题的"茅盾之墓"四个阴文大字，黑色的大理石镶嵌在灰色的砖墙上，给我的只有简朴和庄重，全然没有大上海"子夜"时分的繁华热闹，全然没有"春蚕"缫丝厂里的机器轰鸣。转过墓地照壁，走上长一点石板铺成的墓地甬道，台阶很平，坡度很缓，你不用抬腿费力就已经来到了墓地跟前。甬道两旁是青翠碧绿的松柏，如同两道屏障，护卫着墓地的主人。甬道尽头就是茅盾之墓。严肃的半身雕塑像，沈先生双手交叉在胸前，右手握笔，两眼炯炯有神，目视前方。塑像的基石是一本已经翻开的大书，沈先生清秀整洁的书稿，行行竖排，字字清晰，吴荪甫的酱紫脸色如在眼前，《子夜》里的情景历历在目。啊，这样的墓地，这样的墓碑，这样的墓主人。沈先生是个大明白人，他明白，他的灵魂已经溶化在乌镇的水里，他明白，他的寿命已经活在他的文字里。沈先生的家人也是明白人，他们让沈先生回家，让沈先生身后的世界如此清爽、如此幽静，让沈先生只和向往他仰慕他的人对话。我默默站在墓地前，轻轻地用手抚摸墓碑，抚摸书页上那一行行文字的痕迹。我默默在"怀思亭"前留影，安详地闭上眼睛，尽量不让心中的波澜呈现在脸上，只是静静地缅怀一代文豪巨擘。

瞻仰了沈先生墓地后，我走到墓地外面的花园里，高高的院墙前，一蓬蓬翠竹既摇曳又挺拔，顺应风雨又保持气节，恰如沈先生的一生。院子里的地上，三叶草开着满地的粉红，映得院子生气勃勃，仿佛沈先生不是长眠在此，而只是在此小憩一会……我笑了，沈先生真是神啊，谁会不喜欢这样的身后世界呢！我好像明白了，为什么沈先生、叶先生这样的大家，出入京城身居高位，到最后都要回到水乡、回到老家。

与船家力荐沈先生墓地不同，"昭明书院"是船家送给我们的景点。"昭明书院"的牌匾在两堵马头墙的夹击下毫不起眼，登上窄窄的只容一个人走的小码头台阶，再步过小街，就来到书院。书院得名于曾在乌镇设馆读书的南朝梁昭明太子萧统。大门入口处建有"六朝遗胜"的石牌坊，一块题有"梁昭明太子同沈尚书读书处"的龙凤板，听导游说，在"文革"期间因为有好人涂以石灰才得以保存下来。大门进去是庭院，古树参天，浓荫匝地。主楼现为图书馆，如有时间，在此手捧一卷，品咂读书，亦是好事一桩。书院后面是"茅盾文学奖"获奖作家及作品展览馆，隐约记得，乌镇已经成为茅盾文学奖永久的颁奖地了。

后来我们还去了"白莲塔寺"，白莲塔就是所谓"一观二塔

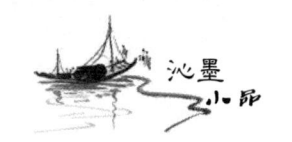

九寺十三庵"中的二塔之一，是一块佛门禁地，佛教传入乌镇据说也在南梁时期。白莲塔寺则建于北宋年间，乌镇人喜欢称其西宝塔，这是与被称为东宝塔的东栅的寿圣塔相呼应的。东西宝塔大概也是乌镇最高的建筑了，莫非是这两座宝塔镇住了十字水系，千年以来，乖乖地流淌，温温地滋润，才从来没有洪涝之患。但白莲塔却是屡毁屡建，代代重修，直到2005年异地原样重建，才修成正果成今天的模样。若你坐船来乌镇，50多米的西宝塔就是乌镇的标志了。我没有能登高远望，只是围着宝塔，浏览了九曲石桥，参观了系缆石舫。石舫上的缆石很是逼真，似乎随时可以解缆远航。

　　是啊，小小的乌镇，通连长长的运河，乌镇人只要想走，随时可以上船，随时可以去看看外面的世界。宋明清三朝，乌镇不就走出了200多名举人和进士吗？到了近现代，更是大家纷出，说几个耳熟能详的吧，新闻学家严独鹤、漫画家丰子恺，你总是听说过的吧？当然，你也随时可以到乌镇来，都说"一样的古镇不一样的乌镇"，你来走一走，乌镇在你的脚下，一定会有不一样的路途；你来看一看，乌镇在你的眼眸，一定会有不一样的风景；你来读一读，乌镇在你的笔端，一定会有不一样的文字。

梦里的莲花盛开——南浔

阳光灿烂中我们离开乌镇，到达南浔时景区正好关门，于是我们就在景区大门口找了家名曰"小莲庄"的宾馆住下了。稍事梳洗，我和同伴步入了游人散去的南浔景区，景点虽然关闭，街市却依然红火。地处杭嘉湖平原北部的南浔，西至湖州30多公里，东与苏州吴江区接壤。所以，当我们徜徉在南浔街上时，听着老百姓的对话，仿佛转了个圈又回到了苏州一样，那么熟悉亲切。

南浔建镇于明代淳祐年间，至今750多年。南宋以来一直是"耕桑之富，甲于浙右"。南浔同其他江南古镇一样，也是滨河而立，这条河就是浔溪，商贾择浔溪之南居住，街市林立，店铺林立，故又名南林。浔溪、南林各取一字，南浔之名便叫响太湖流域、闻名江南大地了。

乘着夕阳的余晖，我们沿着南市河，走上了南东街和南西街。为了寻找既幽静又能看到两岸热闹夜景的吃夜饭的场所，我俩在东西街来来回回走了两遭。镇上民居和店铺杂陈一街，

老百姓居家过日子和外地游客游览踪迹并存一镇,和乌镇不同,你走在南浔的街面上,扑面而来的是活生生的生活气息。此时正是南浔人全家吃夜饭的时候,小桌上摆上了几碟小菜,男人们一壶小酒稳坐街头,女人们有的忙着灶头炒菜,有的忙着哄哭闹的小囡,满眼市井镜像,一派太平世景。店主们则忙着招呼吃饭就餐的游客旅人,探头看看食店里像旧时竹片一样挂在墙上的菜谱,熟悉的菜名,熟悉的味道。人称"千张包子"的,江南人叫"百叶包",千张就是豆腐皮,也叫百叶,在里面包上肉馅,用汽锅蒸熟,就是鲜美清口的名菜;绣花锦可不是绣品,却是一道蔬菜,江南人把个青菜也炒出了质感和美感,让你不由得想尝一尝。

我们最后选了个靠河的街面桌椅坐了下来,饭桌和椅子都是竹子做成的,坐下嘎嘎作响,看着质朴干净。在店家的推荐下,我们点了一壶米酒,坐在河边吃饭。春夏的晚风清凉凉地吹拂在身上,身旁的杨柳依依垂落在肩头,红灯笼的光影映得河水和面孔都红彤彤的,吃什么已经不再重要,我和同伴你一杯我一杯地喝起江南米酒来。不胜酒量的同伴,给我讲起了年轻时的恋爱故事,听着同伴被人拒绝的恋爱故事,我笑话说,谁让你不领着爱人来我们江南水乡呢?不过也羡慕同伴,恋爱的故事能像小河流水一样流淌至今呢!也许是江南之行就要结束,也许是江南的米酒已经不是醇酿,也许是看着不胜酒量的同伴倒喝得神清气爽,反倒我吃醉了,醉得眼前的景色一片朦朦胧胧，醉得脚下的青石板软软绵绵。扶着同伴的肩头，我好不容易才一脚高一脚浅地拐上了右边的小街，靠着大树，闻着脚下无声无息流淌的河水气息，恍惚回到了童年时的故乡，小街上没有一个人影，同伴说前方就是名声远播的小莲庄景区了，今天不能去，明天再去看吧。我却指着对岸斑驳的影子问同伴，那里怎么有那么多人啊？他们在干什么？同伴笑着说：那是一片竹林，你醉得不轻啊！走啊走，风吹在身上，有一股清香的味道飘来，"怎么还不到宾馆？"我问，同伴说："快了。"却把我领到一个湖边，如果不是声声蛙鸣传入我耳朵，保不准我就一脚踏进湖里喂鱼呢！

在十里蛙声中我甜甜地进入了梦乡。梦中，我一个人去了"小莲庄"，漫步其间，满池的莲花开得正盛，花香四溢，突然一个留着长长的白胡子的老人家，叫住了我："请问客家，从何来此？"我想回答就是说不出声，老人家又说："客家请写下大名，待我给你算上一卦。"我很听话地写下了我的名字。老人家一看我写的字，朗声大笑，"客家，你以前五行缺火，现在不缺了，来来来，让老夫告诉你其中的缘由吧！"就这样，老人家把一张字条塞进我的手里，我看得清清楚楚，字条上龙飞凤舞赫然写着：6月15，火……"6月15，火……"正在我喃喃自语的时候，同伴进来叫醒了我，"天已经大亮，该起床了，南浔的景点还一个没有看呢！"

外乡人到江南最喜欢江南的细雨，春雨潇潇中的氤氲江

南确实能给人无限的遐思。奇怪的是，这些小镇似乎知道我是江南人，从小到大已经穿破了好几双雨鞋，所以，这一次回江南，我居然一个雨天也没有碰上，每天都沐浴在朝阳下，即使当头艳阳也只是微微出汗，纵然在街市上寂然慢行也不会有淋漓之苦。一路上雨伞只是躲在我的行李包里懒洋洋地睡觉。

朝阳下，我们重又走在南浔的街上，在昨晚醉眼里沉醉过的景色，今天格外纯净格外鲜明。只是脚下的青石板已然硬硬的，对岸的竹子根根直立，河面波光粼粼，游客一批批多了起来。我们径直来到南浔的深处，逆着往外游览小镇的景色。

"湖州一个城，不抵南浔半个镇"、"四象、八牛、七十二墩狗"说的都是南浔曾经有过的繁华和富庶。"九里三阁老，十里两尚书"、崇德堂、懿德堂、求恕里，说的都是南浔曾经有过的名人和文化。所以有人说，南浔和其他的江南古镇不一样，曾经聚集的花也花不完的财富黄金，深厚得说也说不完的文化典故，浓重得化也化不开的历史烟云，都是这个两省边缘小镇如此吸引游人的原因。

最吸引我的当然不是百间楼，也不是红房子，因为在南市河两岸，多的是名人故宅，大多三进四院，所谓庭院深深深几许，藏在高高的院墙之后，显示江南巨富深藏不露的特点；当然不是硕丰盛丝行，也不是南浔丝业会馆，因为南浔本来就是蚕桑之乡，"辑里湖丝"更是丝中极品；当然也不是民国奇人张静江，不是"西泠印社"的发起人张石铭，因为南浔人才辈出，宋明清三朝，南浔籍进士40多人，如今南浔籍的两院院士也有8人之多呢！

最吸引我的当然是昨夜梦境里的小莲庄了。我在南浔住在小莲庄宾馆，住在小莲庄宾馆梦见了小莲庄庄园，这是怎样的缘分啊！我几乎是一溜烟地飞到了小莲庄，虽然人山人海，我却心无旁骛。好像见到了久别重逢的老朋友，摸摸这，看看那，什么都熟悉又什么都新鲜。湖边的"净香诗窟"，正是"湖月菱风相与清"，熟悉的雕花桌椅、木格花窗，从没见过的扇面屋顶、升斗屋拱，也是"浓妆淡抹总相宜"。小莲庄，是南浔巨富"四象"之首刘镛的私家园林，十亩莲花池是刘家的外花园，今天的莲花已经过了正盛期，莲池里还有片片残叶、箭箭莲蓬，但莲花依然是外园的主角，一草一木，一石一桥，所有的亭台楼阁，都以莲花池为中心，因她而建，为她而生，"留得残荷听雨声"，我注视着水中不再茂盛、不再青春的白莲，心里却没有一点惋惜，如同回望自己走过的青涩年华，心里没有一点后悔一样。笑过了、哭过了，花开了、又谢了，一步一个脚印，就这样我们走过了。

我感兴趣的还有与小莲庄一墙之隔的"嘉业藏书楼"，这是刘镛孙子历时4年建造的。花时20年，耗银30万，得书60万卷。以收集古籍闻名的藏书楼，皇帝曾亲笔题字"钦若嘉业"九龙金匾，其雕版印书尤为人称道，得鲁迅先生嘉许。藏书楼

前有很大的园林，古树参天，令人流连忘返。园林中还有渠水潺潺，亭台桥石，真是个读书的好地方。藏书楼的窗门，古色古香，"长乐未央"、"吉祥如意"，南浔的历史和文化都写在了窗格上。

　　南浔多名宅，嘉业实难忘。突发奇想，假若能在老去之年，能和三两好友，住在小莲庄，读在嘉业楼，岂不得偿夙愿？！

　　小莲庄为我的春夏江南行画上了句号，小莲庄又为我的人生旅程抹上了梦想的色彩。再见了，小莲庄！再见了，南浔！再见了，江南！

　　洁白的莲花会永远开在我心里的某个地方。

江南面孔

墨·云

陆游有诗云："水复山重客到稀，文房四士独相依。"此所谓"文房四士"即"文房四宝"。墨作为文房四宝之一，发展到现在，和相依相伴的砚一样，已经逐渐淡出了普通人的日常生活。但是，中国的书画家们以墨书怀却是永远不会改变的。毫不夸张地说，中国书画离不开墨，墨韵是中国书画的灵魂。

墨的历史可以上溯几千年，早在殷商时期的甲骨文上已经发现天然石墨。当然人工制墨大约在战国。汉魏以后制墨技术越来越发达，到唐代则专门设官置厂专事造墨。宋时，徽州俨然已成全国制墨中心，直到明清两代，好墨依然全在徽州。

小时候父亲写字画画，常常喜我在一旁研墨。一方古朴石砚，一碟清凉井泉，少年的我，左手扶砚，右手执墨，慢慢研磨。清水用墨锭研磨过，逐渐发黑变浓，上面还油润可见，此时书房内会泛起一缕淡淡的清香，当然前提是必须是上好的墨锭。至于研磨多长时间则全凭感觉。每次研墨都会得到父亲奖赏，夏天是清凉的西瓜或汽水，冬天是热腾腾的馄饨或豆

腐脑。在那个物质匮乏的年代，对一孩童而言这可是多大的妙事啊！只可惜到了儿子这一辈，童年时代既未闻到墨之香，更没经研墨之事，实不知是幸还是不幸？

我常想，中国古代文学、文化、文明，几乎都是靠笔墨来传承，小小一块墨，不仅是古代劳动人民智慧的结晶，而且是历史给予我们中华子孙最好的馈赠，小小一块墨，上面镌刻着中华文明的 DNA 呢！

云，虽是地面之水升腾遇冷凝聚而成，但总是天上之物，无论怎样幻化，总带着一种神仙之气。故诗仙李白愿意写云。孩童振振有词：朝辞白帝彩云间，千里江陵一日还。文人朗朗上口：霓为衣兮风为马，云之君兮纷纷而来下。在我心中，云既皎洁又灿烂，既飘逸又浓重。皎洁时不掺一丝杂色，灿烂时直把天空烧红。飘逸时洒脱无羁遨游四方，浓重时四维皆合压城欲摧。可远观不可近亵，可想象不可拘泥。

记得在西藏，无论在羊卓雍错，还是纳木错，吸引我的除了那清清的湖水，那湖中的倒影，那蓝蓝的青天，更有那似乎伸手可摘的朵朵白云，给你"众鸟高飞尽，孤云独去闲"的感觉，好像云能读懂你的心，每一朵云，不仅都有形，而且都有情、有义、有故事。特别是从大本营返回拉萨的途中，一阵细雨飘过，云缝里忽地闪出一条斑斓的彩虹，直叹"呼做白云朵，又疑七彩绸"。在高原，云、云朵、云彩，会给人多少遐思？多少想象？多少文字？20年前当老师，只有简单的投影仪，为了讲"侧面描写",自己动手制作"烘云托月"的投影片,一张画圆月,一张画云彩,先让学生看月,单调无韵味,又将云片覆盖在月片之上,皎洁的明月便呼之欲出,烘云托月之意不讲自明。原来,云,不仅只是天空的一片云,偶尔投影在谁的波心;云,还心甘情愿做陪衬,中秋之夜,如果只有圆月朗照,没有云彩映衬,旖旎之姿大概会缺失很多吧!

三年级起,我们姐弟跟着父亲在江南古镇生活,生性好幻想的我,会把满天的白云幻想成一个美丽的儿童世界,那时候,云,是我儿童世界里最丰富的彩笔和画板,是我儿童世界里最动听的音符和旋律,也是我儿童世界里最悠长的童话和美梦。如今久居异乡的我,对江南的依恋越来越重,觉得自己仿佛是一个迷路之人,峰回路转中只见云从石上起,却是难觅近乡路。有时便只好"心飞江南云,影滞齐鲁月"了。

墨和云,是我的父亲和母亲。

父亲小名阿福,墨君的名字是解放后父亲自己改的。墨须加水发磨始能调用,而我的母亲就是江南水做的女人,其实,天上之云又何尝不是地上之水凝聚而成的呢?听母亲说,年少时在梅里泰伯庙中曾经遇到一位老和尚,听闻母亲名锦云竟执意为母亲取一别号为"天织"。有意思,墨和云,"黑"与"白",一个工商资本家的小少爷,一个平凡家庭的小女儿,相伴五十多年,虽然历经反右、自然灾害、"文革"等诸多磨难,但却是越磨感情越深。特别是父亲,由于先天历史不"白",在历次运动中学会了夹着"尾巴"做人，虽然也剃过阴阳头、关进了牛棚，但是一直活得还好，加上天性达观、乐善好施，一生之中结交了许多好友。比母亲年长7岁的他，虽不善家务，但是懂得进退、体恤家人，又是全家的百科全书，天生的贵族气中蕴藏一颗平和之心。母亲，虽为优秀教师，但年轻时居家连邻居都不相熟，从不串门闲话，作为家中小女，嫁与父亲，政治生命停滞不前，但却在生活中学会了纺纱制线、缝补浆洗、熬粥煲汤，并且服侍父亲、照顾儿女、孝顺长辈，亲戚们无不交口赞誉。

父亲走后，母亲喜欢一人独居。我不放心，思念家乡的心思一日重似一日。于是每一个节日都变成生活中的文字和音符。

今天是教师节，以此文祝母亲节日快乐！

二〇一二年九月十日于信号山

人生第一堂生物课——孵小鸡

一切的教具都是生活中现成的。

父亲的本职就是老师,因为家境衰落、爷爷遭劫不幸早逝,懂事的父亲选择了既有名气又能速成的无锡师范。受陶行知影响,对于父亲来说,生活从来都是孩子们最好的教本。

我的人生第一堂生物课就这样开始了。现在想来大概源于我从小害怕毛茸茸的东西,父亲是为了让我对动物有亲近感,所以才有了教我孵小鸡的念头。

江南冬天里用来给饭锅保暖的草窝,平时在家里备用的100W的电灯泡,不知道从哪里找来的细软干燥的金黄的稻柴芯,还有从旧棉花胎上剪下来的一块棉絮……,父亲说:"好了,万事俱备,只欠东风了"。我问父亲:"怎么借东风啊?"父亲哈哈大笑:"问诸葛亮呀!"

吃过午饭,父亲学校里的校工拎来了一只小竹篮,篮子上面还用一块靛蓝布罩着。校工前脚刚走,我就溜下饭桌掀开了竹篮上的蓝布,一篮子红皮鸡蛋赫然出现在眼前。一只

只鸡蛋,圆溜溜、亮光光的。父亲连忙嘱咐我不要碰碎了,说这就是借来的东风。

正当我忙不迭地要把竹篮里的鸡蛋放进草窝的时候,父亲却告诫我,甭要急甭要忙。"妹妹呀,想不想看见欢蹦乱跳的小鸡啊?""想!""那么就要选好蛋。""怎么选?""看爸爸的。"只见父亲熟练地从竹篮里挑选出一堆鸡蛋,每只好像都一模一样,又大又圆,红皮泛光。就在我着急要把选出来的鸡蛋放进草窝的时候,父亲又笑眯眯地说:"甭急甭急,去给爸爸拿支铅笔来。""拿铅笔做啥?""做记号呀!"父亲左手拿着鸡蛋,右手用铅笔在蛋壳上标上数字。就这样,一共15只鸡蛋被放进铺好了棉花胎的草窝里。

"爸爸,这草窝能孵出小鸡吗?""不能,要母鸡才能孵出小鸡。""我们家没有母鸡呀,怎么办呢?""爸爸有办法。"只见父亲把装了鸡蛋的草窝搁在横放的方凳(我们叫骨牌凳)上,把按上100W灯泡卸下灯罩的台灯放在方凳凳脚内的空挡里,笑着对我说,"看,这就是我家的老母鸡了。孵小鸡,温度是顶要紧的,我们用灯泡把温度传给鸡蛋,好像母鸡妈妈把体温传给鸡蛋一样。"父亲说完,打开一扇窗户,拉上了小屋的窗帘。"等院子里的石榴树结出石榴的时候,小鸡就孵出来了,让我们耐心等待吧!"爸爸说。

我们姐弟不知道具体的孵化时间,就记得父亲的话。于是我们一会儿上院子看看石榴树的红花有没有变成果子,一会儿隔着小屋的门缝听听有没有小鸡的叫声，恨不得小鸡快点钻出蛋壳。

吃晚饭的时候，一向吃饭不言语的父亲开了腔："小鸡和人一样，都是有生命的。孵小鸡不是闹着玩，而是哺育生命。姆妈怀你们的时候，需要十个月，所谓十月怀胎一朝分娩。孵小鸡也需要你们耐心等待啊！"我们姐弟似懂非懂地点了点头。吃过晚饭，父亲领着我们到小屋，小心翼翼地给每个鸡蛋翻翻身。看着我很想动手摸摸鸡蛋的样子，父亲说："摸摸吧，这些都是生命的热量。"我拿起一只鸡蛋，在灯光下，都能看见蛋壳里面的样子，蛋壳外面热乎乎地，就像冬天姆妈的手心一样温暖。

又一个星期天到了。父亲关掉小屋里的大灯，拿出一只手电筒。左手擎住一只鸡蛋，右手用手电筒照着鸡蛋，电筒的光线就通过蛋壳漏了过来，鸡蛋仿佛透明一样。我用自己的眼睛可以看到蛋壳里的世界：有的鸡蛋里的小鸡已经有小嘴了，有的鸡蛋里的小鸡已经有鸡毛了，有的鸡蛋里的蛋黄还在呢。父亲一只一只地照着，又一只一只地选着，终于有5只鸡蛋被挑出了草窝。父亲说："这几只没有孵好，只能拿去让姆妈煮给我们吃了。"午饭的时候，我要吃煮鸡蛋，父亲说："你们看见了，这就是拿出来的5只鸡蛋。因为没能孵出小鸡，它们就成了坏蛋，人们叫它们毛鸡蛋，中医认为人吃了毛鸡蛋可以医治不明原因的头疼。不是每个鸡蛋都能孵出小鸡的。上次

华叔叔拿来的鸡蛋,也不是简简单单从菜店里买的鸡蛋,而是从孵坊拿来的,每只鸡蛋里都已经孕育了生命的细胞——胚胎。但是每个有了胚胎的鸡蛋也不是都能孵化出小鸡的,因为温度湿度通风等原因,有的胚胎可能发育不良。所以你们要知道,孕育生命的过程是很艰难的。每一个生命都来之不易。你们要爱护所有有生命的东西。"

也许从那个时候开始,我喜欢上了吃毛鸡蛋。后来在潍坊,主人招待我们吃毛鸡蛋,看我吃的香喷喷的,同行的几个女士都觉得奇怪,一向吃东西考究的人,如何能够茹毛饮血地将毛鸡蛋大朵快颐。她们怎么知道,除了毛鸡蛋的香味,还有童年的味道啊!

终于又一个星期六的晚上,我们正在院子里乘凉,我们姐弟躺在条凳上听父亲讲三国,忽然小屋窗户里传来了雏鸡的叫声。父亲猛地从藤椅上坐起,说了一声小鸡孵出来了!就往小屋跑去。我们光着脚丫下了地,一溜烟跟在父亲身后。掀开草窝盖子,只见一只只毛茸茸的小鸡仔,眼睛圆圆的像黑宝石一样闪着光,浑身的绒毛黄黄的柔柔的,让人情不自禁要伸手去抓。于是,我们姐弟像围着炉灶看妈妈摊糯米芝麻饼一样,一人一个小板凳坐在草窝旁边观看。感叹父亲竟然用100W的电灯泡和妈妈放在厨房保温的草窝,孵出了10只雏鸡。我心想:尽管它们不知道自己的妈妈是谁,但是它们真的是一家人唉。看看,长得多像呀!都是黄黄的,只有个别的有点杂色。小嘴嫩黄嫩黄的,和小脚爪一样都是尖尖细细的。这么细的脚爪能自己走路吗?父亲一旁开了腔:"自然界几乎所有动物生下来都能自己走路,马羊生下来如果自己不会走路,爸爸妈妈就不要它们了。只有我们人类生下来不会走,要爸爸妈妈扶着才能学步呢!"原来这样。

第二天是个星期天。我们姐弟起了个大早,不为别的,因为今天我们要当10只小鸡仔的爸爸妈妈,我们要领着它们在院子里散步呢!

父亲教会我阅读

从江南移居到青岛这么多年,其实在内心深处一直对孩子他爸爸有一丝埋怨,尽管从没言语过,总觉得是他活生生地将我和父母分开,好像从我家花园里那棵梅花树上硬生生地剪下了一枝,移植到了干旱的北方,虽然也开花,但终究只有稀稀落落几朵。在我的记忆中,我更愿意和父亲在一起,甚至可以和父亲一次一次地对抗。开始以为父亲能够容忍我是源于父亲对女儿的爱和宽容,后来才明白,这种对抗其实是一种思想的冲撞和阅读的分享,这是父亲最愿意做的事。

爷爷是近代当地小有名气的工商资本家,开有青店(染坊)、茧行,还是中山路上专门卖布的百货公司的合伙人,父亲和他大哥的大女儿一起降生到人世,一个人丁兴旺的大家族里的小少爷,一双年过半百忙于贸易和家事的老夫妇的小儿子,其实是很寂寞的,终日陪伴他的就是书房里的书。所以读书成了父亲一辈子要做的功课。

我对阅读的兴趣,全部来自父亲。我想也许对书的爱好,父亲是从血脉里就传给了我吧。在我的记忆中好像从来没有读过童话故事,翻检我的阅读史,一个小女孩从小学低年级就开始啃读四大名著,感谢上帝,那个时候鲜有课外作业。二年级的时候,用毛笔抄写了《红楼梦》中所有的诗词;三年级的时候,对《水浒传》中两军对垒的阵势大感兴趣;四年级的时候,在教室里给同学们讲《三国演义》故事,告诉同学们《三国演义》只是小说,《三国志》才是历史;五年级的时候,把毛主席语录、老三篇和诗词倒背如流……在几乎把父亲书橱里的书都生吞活剥以后,就开始读姆妈书架上的《反杜林论》和鲁迅的作品。于是就意识到父亲和姆妈就是两个阵营里的人,因为两人的书实在差异太大。而我就在这两大阵营的冲突融合中渐渐长大了。

扪心自问,为什么从小时候开始就喜欢一切文字的东西?答案只有一个:父亲。在我十六岁离家去读中文系之前,我印象中的父亲每天在家的大多数的时间都在看书,好像一个淘金者面对着一座座矿山;每天父亲下班回来,他手里拿着的、腋下夹着的永远都是书刊,对我来说就是最好的犒赏。记得《参考消息》曾经是我一段时间里的最爱,有一年连载了一个多月前苏联克格勃的故事,由此在我心中埋下了长大以后当外交官的理想,很长一段时间,母亲一直保留着我当年的《参考消息》的剪报。又有一段时间看报纸,连中缝都不肯落下,简直就是一个饕餮之徒对一切文字来者不拒。姆妈一个礼拜回家一趟,

见我废寝忘食地看书，有时都会吃惊地对父亲说："一个小女孩瘦瘦的，手脚老是冰冷，怎么能对书本保持这么持久和巨大的热情？"此时父亲会淡淡一笑："幸好痴迷的是书，我们不用管她，让她读吧！腹有诗书气自华！"

　　上了高中以后，岁月露出来一张贫乏的面孔，同学们有人恋爱了，有人闯社会了，还有人打架犯罪进监狱了。白云苍狗，我则在父亲的指点下开始了鲁迅专题阅读，父亲说读点鲁迅吧，长学问还应时。从《风波》到《"丧家的"资本家的乏走狗》，再到《论"费厄泼赖"应该缓行》，种种不等一一尽览。

　　读书还真是有好处。1978年参加全国统一高考，语文试卷上有一道选词填空题，同一个考场，在"揭露、暴露、披露"三个选项中，同一考场里只有我一个人选择了"披露"，同考者纷纷为我惋惜，只以为我选错了。其实每天的《参考消息》，早就告诉了我标准答案。可能这也是当年理科班的我能考上中文系的原因吧。

　　这就是父亲无言中给我的父爱。不是美食，不是绸衣，不是华屋，没有强迫，没有奖赏，没有任务，就只是阅读，阅读的兴趣、阅读的习惯、阅读的能力和阅读的幸福感。

拥抱父母

好友的母亲今年83岁了，一个人独居在老家寿光的老年公寓里，因为耳背，平时连电话也打得少。好友也算走到了一定的人生境界，对于自己不识一字的母亲一直感恩于心，但是对母亲的孝，也就是体现在每年大年初一或初二带着全家回家一天，是很难在老家住上一宿的，然后就是工作往返于济青之间顺道回家看望一下母亲。在我的建议下，好友开始为母亲过节、为母亲庆生。10月24日，既是我儿子的生日，也是好友母亲的生日。我问好友：你回家为母亲过生日，能拥抱一下你的母亲吗？一句话，问得好友半天没有回应我。

原来无论是八尺汉子，还是江南女儿，我们好像都没有真正拥抱过一次自己的父母呢！

回想过去的日子，我们拥抱过子女、拥抱过爱人、拥抱过姐妹，甚至拥抱过久未谋面的恩师同窗、拥抱过分别多日的战友同事，但是我们扪心自问，却没有拥抱过自己的父母。尽管我自年少起就远离父母，但是对父母的爱往往就莫名其妙地止

于口、止于礼……

我很庆幸上帝赐给我一双慈父严母，慈父给了我男儿般的胸怀、理想和达观的人生态度，严母教会了一个女儿家应掌握的种种生活技能、各种女红和吃苦耐劳的坚强毅力；我更庆幸自己人到中年生活还给我一对健康乐观的慈爱父母。

耄耋之年的父亲，如今天天把自己的生活弄得水一般滋润、蜜一样甜美。每天早晨去老街上的小吃店吃早饭，面条、馄饨、小笼包，换着花样吃，然后去茶馆与老友叙谈或者到老年活动中心打打纸牌，午餐过后也不休息，看完报纸开始两小时的书法练习，然后在小院中跑步或者去西街上的澡堂泡浴，晚上简单用餐后，看完新闻联播，就开始鼾声雷动了。我戏谑地问母亲，父亲打纸牌，输得多还是赢得多？姆妈竟然肯定地说：你爸爸总是赢。姐夫在旁帮腔：赢得有些老人都不肯和他打了。（我的口算就是父亲总喜欢带我买菜教会我的）等我父亲回家，我又问：阿爸，今天怎么样？老父亲拍拍口袋：又赢了。全家顿时哈哈大笑起来。我假意给姆妈献计献策，家里的存单都是父亲保管的，怎么能知道他是赢还是输，每天发给他200元，进门之前先交账，多于200元才算赢。一个建议把父亲母亲逗得笑开了怀。母亲一家都好音乐，年轻时爱音乐，做过宣传队艺术团的艺术指导，老了爱戏曲，兴致高的时候偶尔还去戏院看看已是国家一级演员的侄孙女蔡瑜主演的锡剧。一个爱美的人，在变幻莫测岁月的磨砺下，才一直以朴素见长。但是年近八旬的母亲爱照相的习惯依然保留着。十一回家，我决意要为父母多拍一些相片，做一本家庭相册，所以照相机一直随身带着。不仅为父母亲照相，而且拥抱父母照相，让父母温暖的怀抱永远温暖着我这个客居异乡的江南游子。

今年是庆祝父亲八十大寿暨父母50年金婚的好年份，我为父母写了一幅长联：

慈父享上寿，云里仙鹤。德高望重，圣贤心桃李天下；乐善好施，传家风恩泽一方。祝龙眉凤目，寿比南山不老松。

双亲逢金婚，水中鸳鸯。同甘共苦，礼义门儿女成才；举案齐眉，教后辈和谐人生。愿白头偕老，福如东海长流水。

在庆典上女儿献上的一副长联，竟使双亲激动得流下了眼泪。为了报答父母的养育之恩，让我们做儿女的，在每一个相逢的日子里，都张开双臂拥抱父母吧！

二〇〇七年十月二十四日于信号山

属龙的父亲

父亲属龙，今年8月又父亲80周岁的生日，记忆中从来没有在8月为父亲庆过生日。江南风俗庆九不庆十，父亲的80大寿是在79岁时庆祝的，而且江南盛行的是为父母庆整寿，通常始于60，且都在农历正月里大摆寿宴。反倒是因为我和家弟的生日都在阴历年底，总是父母年年为我们过生日。

这次开车回苏州参加校友聚会，回家和家弟串通好了，软硬兼施才把顽固不肯离家的父亲（75岁以后父亲就不愿出远门了）接来青岛，当然把父亲心爱的满园的花花草草托付好了才上车的。

选择在海景大酒店为家父庆祝生日，是为了海景的服务。果然面海的窗口已经贴上了金色的寿字，蛋糕不大但也足够每人一份。父亲不愧属龙，生日宴开始之时，窗外风雨大作，反衬得室内更加其乐融融。

在我年少的时候，似乎和父亲的感情更深，现在想来，那个年代，全部的生活都在手上，煤球炉子要每天劈柴生火，孩子们脚上穿的鞋子、身上穿的毛衣大多要手工缝制编织，所有的衣物床单都要用手洗净、拧干、晾晒，母亲既要忙于教书又要忙于生计，哪有时间陪伴儿女玩耍？于是父亲担当其教育我们的责任，其实父亲很少说教，他结婚晚又特别喜欢孩子，只是用一颗爱心陪伴我们姐弟长大。有一事可以证明，在我和家弟分别以16岁、15岁的年龄考上大学以后，父亲和母亲又一年一年长短不一地抚养了十六个孩子，其中大学毕业分在新疆阿克苏的小舅舅，生有三子，全部在我家长大成人，其他的如亲戚家的、学生家的、朋友的孩子不胜枚举。

  小时候都是父亲为我扎小辫、拎书包。跳绳、踢毽、打球、玩水，尤其是看书剪报、习字画画，这些爱好都是父亲培养的。父亲说，女孩家要像我姑母一样，教会学校毕业的，琴棋书画、缝衣、绣花样样精通。所以在我眼中，父亲就是从小玩到大的伙伴。我可以直呼他大名，有人来做客，我会边开门边喊墨君先生有人找，让来访者目瞪口呆。我可以跟父亲讨价还价，冬天南方没有暖气，每天两页的临帖我只写完一张，让严格要求的母亲蒙在鼓里。我可以让父亲失望，当恢复高考时，我决意要报浙江大学的应用数学专业，不理文学，父亲看着满屋的书橱叹息了良久。我也可以为父亲送水送饭，父亲剃着阴阳头挂着木牌被批斗的时候，母亲让少不更事的我为父亲送水解渴，造反派也无可奈何。我也可以为父亲擦拭伤口，下放时父亲因工作很晚回家，不幸被一辆吉普车撞倒，从医院包扎好伤

口回家的父亲，满头满脸都是血，小小的我只记得一共擦拭了9面盆血水。可是我就是没有给父亲过过生日。

　　当生日歌的音乐响起的时候，我的眼睛湿润了。

　　父亲，经历了多少磨难依然乐观幽默的父亲；年逾八旬依然每天看书写字的父亲；每次女儿写信都要找找错别字的父亲；走南闯北只讲一口苏白的父亲；喜欢结交三教九流朋友的父亲；从来没有打骂过儿女的父亲；即使带着儿女下放农村也要倾尽全部给儿女置办棉大衣的父亲。对我来说，父亲是一棵大树，是我一生可以依靠的大树；父亲是一本大书，是我永远也读不完的大书。

　　祝父亲生日快乐，天天快乐，女儿保证以后你不想出远门时再不强迫你了。

梅花何在

中午没有在办公室吃饭，见天色大好，便相约儿子一起在外吃午饭，赶回办公室后低头忙碌起来，没想到一抬眼窗外已是大雪狂舞。

这是今年的第二场雪了吧？总是飞飞洒洒，似乎"白雪却嫌春色晚，故穿庭树作飞花"；总是稀稀落落，难现"江山不夜月千里，天地无私玉万家"；总是白日飘舞，何见"忽如一夜春风来，千树万树梨花开"？

为什么今年的雪就是下不大呢？我盼望下雪，已非为堆雪人的乐趣，也少怀悯农的心情，我盼望下雪，大概就是为着踏雪赏梅，为着江南相思吧！

谁让家乡的市花是梅花，家乡的美景是梅园呢！很小的时候，父亲就牵着我的小手，漫步梅园，赏景诵诗。让我记得：梅园里边不仅有的是梅，更有的是独具中国文人精神的梅文化。花中君子的梅花，在历史上数度被推崇为国花（早在清时定为国花），作为中国特有的花果植物，栽培和观赏的历史都已十

分悠久。

　　当年在姑苏上学的时候,怕冷的我,会雀跃着从人民桥轮船码头乘公交车直达邓尉去看梅。记得那时的我还是不懂世事的黄毛丫头,留着粗粗的发辫,高高的个子从梅的疏枝秀条间穿梭,发辫上就有了花瓣和幽幽的香味。只是当年年少,都是和小伙伴们去的,没有牵着亲人或爱人的手踏雪访梅的机会。遗憾的是,梅花开得正盛,白雪很快就融化了,真是"路尽隐香处,翩然雪海间。梅花犹可在,雪海何处寻?"

　　后来从江南来到北方,雪花常见,但赏梅却不多了。真正算赏梅只有一次,好友在我心情不好的时候,开车带我去了沧口的十梅庵,虽然十梅庵里的梅树不少,但到底是新植之树,又遥不依山近不临水,总也难觅梅花疏影横斜的神韵了。

　　父亲知道我爱梅,竟把祖屋花园里好几十年的葡萄架连根拔去,就着墙根种下了一棵腊梅,好多年过去了,梅花越开越盛,当年墙角的数枝梅,如今已经长成一棵苍劲挺秀的老梅了,并且不是暗香,幽远的香味竟是飘到巷口,每年迎接我的归家。每年回家若逢下雪,父亲就会用家乡话说:"今朝刘八十(父亲已过八十)问刘十九,绿蚁新醅酒,红泥小火炉。晚来天欲雪,能饮一杯无?"这里的韵脚在吴语里全部是念入声的,尤其是最后的"无"字,是非吴语读不出味道来的,且"晚"也读成了"夜(yǎ)"。看来白居易对吴地的吴侬软语也是晓得一二的。

窗外的雪花不知什么时候已经停了，路面薄薄的一层也已融化殆尽。"微风摇庭树，细雪下帘隙。萦空如雾转，凝阶似花积。不见杨柳春，徒见桂枝白。零泪无人道，相思空何益。"今天的雪终究是下不下来了，那我的梅呢，我那江南的梅花，我又何时能看见你呢？

二〇〇九年十二月二十七日

父亲语趣

最近读了杨绛的《我们仨》，就不由自主地念起远在江南的父亲来。小时候，同学都称呼自己的父亲为爹爹(江南话音 diǎ)，只有我家叫阿爸，这么特殊的称呼就得益于父亲的性格。而父亲老顽童的性格从他的语言中可见一斑。

其实父亲是个连普通话都说不好的人，他说出来的普通话顶多可以称为"苏白"。但即便如此，也不能掩盖父亲独特的语言特点。

父亲的语言中经常会冒出一串串的英文单词，以 S 为例，斯威特，父亲是用来指棉秋衣的；斯达特，父亲是用来指日光灯启动器的；斯迪克，父亲是用来指拐杖的。而这仅仅是 S 系列的，还有士敏土(水泥)、凡士林(润滑剂)、凡立丁(呢料)，诸如此类不一而足，以至于影响到我从来都只会说斯威特，没有秋衣这一说。

父亲的语言中还经常夹杂许多文言，例如：他从不说大解而说出恭，我学了文言才知道此语来历。他把买米叫做籴(dí)

米，把勺子叫做调羹，把妻子叫做内人。父亲批评人的时候不多，实在想说几句，也是多用谚语或俗语，什么螺蛳壳里做道场，城头上出棺材远兜远转等。

父亲不仅语言丰富，而且表达别致。在父亲下放的日子里，曾经有一段时间父母分居两地工作，每到周末，一帮同学在我家写作业，他会全然不顾有同学在场，只管用自己的口吻跟我说话："妹妹，你和阿爸到车站接姆妈吧！"你听听，这样称呼谁是谁啊！或者他晚归的时候，从来不记得敲门，只会隔着高高的院墙，朗声唤我们姐弟："弟弟妹妹，赶快出来迎接，阿爸回来啦！"

五一过后因为父亲患小恙，我打着飞的回了趟江南。在饭桌上，母亲还向我告状，父亲仍然不愿体检，仍然好吃甜食，仍然坚持一周一只红烧蹄膀。还没等我说话，只听父亲语出惊人："我小辰光是少爷，老了是老爷，你俚覅（吴方言读 fiāo）管我。"

古语云："老成人须有少年之襟怀。"父亲认为老年人更应该有少年情怀，但愿这样的情怀让父亲一直年轻下去。今天是"六一"儿童节，遥祝父亲儿童节快乐！

二〇一一年六月一日

今夜，我在月光下奔跑

今夜，月光如水，我仰望圆月，想从月宫隐约可见的桂枝间看到父亲慈祥的面孔。爸爸，你好吗？今年的除夕之夜我是独自一人在国航的飞机上度过的，那是因为合家团圆的圆桌上没有了你，也就永远不再圆满，既然如此，我让姆妈和弟弟一家过年。除夕夜我在天上飞，带着你的书法和文章，想的就是和你离得近一点。

今夜，月光普照，我在山路上行走，信号山公园里已是空无一人、寂然无声。爸爸，你看见我了吗？西方有个传说：一个人如果在月光下奔跑，就能让离世的亲人看见自己。爸爸，我身上的白衣，还是那件白底上简笔水墨的羽绒服，你应该记得的，你说过喜欢我穿这样有江南风格的衣服。今夜我在山上奔跑，带着对你的思念和愧疚，想的也是和你离得再近一点。

如此想来，月亮竟就是阴阳两界交流的媒介吧！月亮竟就是那穿越时空的隧道口吧！那么，爸爸，以后每个月圆之夜，我都会仰望月亮，穿越到你的身边……

爸爸，我和你一样，走路是极其轻而快的。但在今天这个月夜，我行走在如水的月华之中，却步履沉重得似有千斤，山上每一条小路，你都和姆妈一起走过，山上每一棵大树小树，你都和姆妈一起看过，那两棵丛生的你们为它起名守望，那分成五个枝杈的你们叫它五子登科，这都是姆妈告诉我的。走着这些你走过的路，抚摸着这些你抚摸过的树，泪眼中好像看见你领着我的手行走在江南的小巷深处……

在今天这个月夜，我奔跑在如水的月华之中，任冬夜的寒风吹拂我的脸，今夜是万家团圆之夜，我却已经永失慈父。原来每年长途跋涉回到江南过年，都是父亲从小种在我心中的家树在吐绿发芽，慈父已去，难道江南的面孔也在我的泪眼里变得模糊起来？如今山下万家灯火，哪一盏是我的归宿？失却了慈父的孩儿，去哪儿寻找回家的归途？

记得你教会我懂得尊重每一个生命，那是第一节家庭生物课孵小鸡；记得你教会我写好每一个字，那是每天必修的软笔书法课；记得你教会我各种体育运动，哪怕犯了错你用跳绳来罚我；记得你除我姐弟还前前后后长长短短抚养了16个孩子，哪怕那是一个物质匮乏的年代；……你像惠山一样不言自威，你像太湖一样包容一切，你做了无数的好事善事，但是在我们姐弟心中，你一辈子做的最好最善的两件事就是：一是在我们姐弟最需要父亲的时候，你非常认真、快乐、尽心尽责

地做好我们的父亲，培养儿女长大成人，特别是我16岁考上中文系，弟弟15岁考上物理系成为当地一段佳话；二是当我们姐弟完成学业，各自拥有了自己的事业和家庭以后，你非常健康、悠闲、幸福快乐地安享每一天。夫妻和睦厮守，从不吃药打针，从不麻烦儿女。

让我感到欣慰的是，这次回家翻检你的遗墨，竟然发现了你写给阿达的一封没有寄出的信，字迹遒劲，语气殷切。并且还看见你写的关于青岛的两篇随笔，在文中，你把每年来青岛小住时的所见所闻、你对青岛和青岛人的感受，写的细致入微、真切感人。

有人说，月光在天上像是阳光一样的普照，所以天使们才永远是白衣白裙。那么，爸爸，你借着今天满月的光亮，好好看看我吧！仰望着你的这张脸，虽然比以前清瘦，但神态渐趋安详，虽然还有泪光，但目光回归坚定，因为那寝食不安、萎靡不振的生活绝不是你希望看到的我的生活。所以，今夜，我要试着擦干眼泪，向着月亮微笑，也向着你微笑……

爸爸，如果有来生，请让我做你的父亲，我知道，在你十四岁的时候爷爷就去世了，在你最需要父爱的时候，你只能在一个人丁兴旺的大家族中寂寞地长大，唯此你最懂得父亲的重要，最懂得孩子需要怎样的父爱。所以，等到我们在天上重逢的那一天，就让我来照顾你、保护你……

二〇一二年二月六日于信号山

爸爸，我想再和你说句话

　　三年前冬至刚过，父亲被家人从医院抬回家中一楼的卧室，当我一路飞机、高铁、汽车奔到父亲床前，父亲没等我回家就走了，那年父亲84岁。天空突然飘下小雨，是那种幽咽断续的雨丝，我跪在父亲身边，眼望着坐在床上痛哭不已的母亲，强压苦痛让泪水全部泻落在心头之泉。弟弟安慰跪倒在父亲床前的我，说，父亲走的时候他也不在身边，父亲已经不能说话了，不会怪你的。

　　像我这样的年纪失去了84岁的父亲，这样的情形太普通。身边的人知道此事往往先问父亲年龄，听说84岁后便会释然地劝慰我，高寿了，节哀吧。我当然知道父亲总会先我而去的，我的外壳也好像已经接受父亲不在的事实，但是我的灵魂却怎么也不相信父亲走了。

　　守灵五天后，送父亲走的那天正好是西方的圣诞节，清晨寒气肃杀，江南霜重如雪，犹如万物挂孝，我坐在灵车上，背倚着父亲的棺木，却没有冰冷的感觉，望着公路边寒霜覆盖着的

原野和舟舟升起的朝阳，我想，爸爸往天上走，那里一定是个温暖如春的地方吧。

　　我自知算个比较理智的人，但是在父亲这个问题上始终阴阳混沌，至今手机里家中电话号码还标注着阿公两个字。其实我的要求不高，就是想和父亲说一句话，为什么上帝连这样的要求也不能满足我？

　　那年父亲走，我完全没有意料得到，因为父亲平时连一小片药都不吃，猝然倒下的那一天还亲自到药房为母亲买药，购药单据上的签名遒劲有力。但是对于父亲的身体状况有所下降，我似乎又有先知先觉。记得那年5月2号，与家里通话，问父亲最近身体怎么样，父亲听后含含糊糊。在我的追问之下，才告诉我最近发了一次烧，挂了盐水才稍稍好了一点。从不生病的父亲居然去医院打点滴，我不由得紧张起来。于是连忙请假，打着飞的回了江南。

　　三天时间，我给父亲、母亲、长年客居我家的亲姨三位老人，洗澡、洗头、理发、剪指甲，忙忙碌碌三天，结果自己发烧病倒了。记得很清楚，我躺在父母亲的榉木大床上，钻在父亲那一面的被窝里（父母一辈子睡在一个被窝里，50多年从未分开过），我烧得迷迷糊糊，父母二人便轮流进房间摸我脑门。临走前，弟弟派沈师傅来接我去虹桥机场，父亲在门外向我挥手告别："走吧走吧，我好了，放心吧！"这就是父亲和我面对面说的最后一句话。一直到9月4日傍晚，弟妹来电话哭着说父亲进医院了。从9月4日到12月21日，正好108天，父亲躺在医院的重症监护室没有再开口说一句话。永生难忘的是从手术室接出父亲，上电梯之前，我紧紧握着父亲的大手，能感到父亲也正紧紧地握着我的手，好像知道是我，是他最爱的女儿风尘仆仆地回来了，以致我都无法从他手中抽出自己的手。父亲用他的手告诉我，他是多么爱我，多么热爱生活。

站在父亲的墓地，我总会在阴阳模糊中瞬间穿越：看见走路急匆匆、两朵高眉毛的父亲，在花丛中浇花，在树底下说话，跟母亲开着玩笑。凝视父亲的墓碑，我总想用手推开它——这扇连接白昼和黑夜的大门，连接生与死的大门。每年清明和春节，我驱车700多公里，为父亲扫墓，一捧鲜花，因为父亲生前爱花，一桶清水，因为我要亲手擦拭碑石，让站在门那边的父亲透过这扇门能清晰地看到我的人生。生与死能阻隔亲人之间有形的交流，但是灵魂的交汇是任何大门也隔不开的，更何况我们每个人迟早都要推开这扇门的。

只是父亲生前无比欢喜闹猛，如今他一个人躺在墓地，每每想到此，我的眼泪就会夺眶而出。

去年过年，因为初三为母亲庆80大寿，我选择初五和儿子去父亲的墓地。儿子一身黑衣，手捧洁白的鲜花，和我比肩站在阿公墓前。我和父亲说："爸爸，你最喜爱的阿达来看你了，你看见了吧？"父亲没有回答，只有蓝天下飞过的鸟儿鸣叫着从我头顶掠过，只有微风从墓园的树丛间吹过。

父亲大概是真的永远不能再和我说话了。放眼远望，觉得弟弟为父亲选的墓地真的是一块风水宝地，山南、山腰，面水、面园，满目青翠，京沪高铁从不远处经过，儿媳、孙女的实验初中也在视野可及之处。我对儿子说，阿公应该不会寂寞。我们一定要好好的，好好地过好每一天。

二〇一四年清明于江南

最好的缅怀方式

父亲节,我刚好回江南。早晨起来,雨丝潇潇,草木苍翠欲滴,我"冥然兀坐,万籁有声;庭堦(阶)寂寂,小鸟时来啄食,人至不去"。想起院里一花一草一木,皆为父亲生前手植,而今物是人非,父亲节回家,父亲却已不在,虽没偃仰啸歌,岂能不泪眼婆娑。

父亲走的时候,记得朋友曾经劝慰我,最好的缅怀方式就是永远记得,因为你父亲永远是家里的一份子,就算天人永隔,也还是可以互相参与的。我信然。所以我在屋里、办公室的许多地方都随意摆放着父亲的照片、书法作品、书信、文房用品等。这次离家,我又让母亲从书橱里找出弟弟在黄山为父亲买的徽砚和徽笔带回青岛。这些留着父亲气味的物件,不仅安置在我每天生活的房间里,也永远保藏在心里。为此,尽管父亲走了,心里反而觉得父亲离我更近了。看着照片上父亲的满面慈祥,真心觉得父亲和我不再隔着长江、隔着长途,而是天天在我家里,看我坐在我的客厅里,看我在喜悦或

者悲伤时的流泪，看我寂静或闹猛时的面孔，看我那些异乡的亲朋好友，陪我度过春秋冬夏。

在我最痛苦的时候，我的一位铁哥们给我发来短信，说：你们姐弟已经尽心尽力了，不要难过，你父亲是那样一个生机勃勃的老人，他肯定不喜欢躺在病床上的生活。为什么世界上所有的宗教都让人面对死亡，因为死亡不是生命的终结，肉体会转世，灵魂将永生。我更信然。

小雨润湿了小院，今年江南不算热，紫色、红色的绣球花在院子里次第开放，栀子花也不甘示弱。抬眼间，母亲从厨房走出来，银发粲然，我心头一热，父亲走后，母亲独居已近三载。Many things are like the weather, which gets warm or cold gradually, and a season has gone before being awared.（很多事犹如天气，慢慢热或者渐渐冷，等到惊悟，已过了一季。）我们最要紧的事情，应该是珍惜身边人、眼前景吧！

墙边榉树，弟出生时父亲手植，40余年不过三握有余；院中桂花，父亲悬车之年手种，不过十余年，已亭亭如盖；廊下腊梅，为母亲喜爱之物，父亲专门自苗圃移植园中，开枝散叶，已是荫庇满院。我已经下定决心，不管母亲怎么离不开江南，我都会想尽办法让她和我一起生活。而父亲，我会在余生里，用书法纪念他老人家，直至我们能再次团圆。

二〇一四年父亲节于江南

梦里竹园别父亲

父亲猝然病倒的时候,除了接到消息哭了一路,在父亲住院的108天里,反而浑身充满力量,空中飞人,拖着行李长途跋涉,只是坚定地相信父亲一定能醒过来。悲伤真正来临的时候,是在一切忙完回到工作中,周末,拿起手机给父亲打电话的时候……

我是个很少做梦的人,父亲走后,我奢侈地幻想能多做做梦,这样就能和父亲见面说话了。

三年里,父亲真的两次走进我的梦乡,让我坚信父亲在天上依然能看着我、护佑我。

第一次是在清明节前夕,可能因为是阔别家乡这么长时间后第一次回家扫墓的原因,白天做了一些准备,晚上就在梦里见到了父亲。见面的场景没有开头和结尾,就一个长镜头,不知怎么地就一头闯进了父亲的"家",宽大的厅堂里,温暖如春,父亲坐在一张罗汉床上,条几上摆放着茶具,杯子里刚刚冲泡好的茶水香气袅袅,父亲对面的木条凳上,坐着父亲的二

嫂，我的二伯母，一个守寡几十年看着我长大的女人，一个当年迎亲队伍在中山路排成长队的旧时代女人，一个和我家相距最近、相处最长的亲人。父亲示意我坐在二伯母的身边，但我似乎嫌弃二伯母翘起的二郎腿，自顾自地坐在了父亲腿边的绣墩上了。醒来后觉得父亲那儿阳光明媚、窗明几净，忙碌了一辈子的父亲，去了一个休闲安详的地方，而且找到了自己的老嫂子，应该不会太寂寞。

  第二次的梦境更加离奇，梦很长很长，但却是一场默片。醒来所有情景历历在目，连忙起身记下。没有与父亲相遇的镜头，梦里已经直接和父亲一起坐在教室内听课，耳边是孩子们琅琅的读书声；下课与父亲步出教室来到操场，阳光明媚，绿草茵茵，父亲身着白衫和学生一起练拳；和父亲走过月洞门，来到花园里，手扶他老人家亲手种植的桂花树，与正在做工的园艺工聊天；最后父亲快步走上了通往竹林的小径，一袭白衣向着茂密的翠竹深处翩翩而去，我急忙高声大喊，想让父亲等我一起走，不成想自己发不出声了，而且父亲一反常态，竟然连头也不回，径直离去……美梦惊醒，禁不住泪流满面……

  每年的12月21日，是父亲的忌日，也是我的静日。这一天，我什么也不想做，什么也不想吃，就只是静静地坐着，冥想、泪流。年年如此，今年亦是如此。父亲当然不会等我，他希望我在人世间温暖地生活。竹园学校是父亲一手建成的学校，一花一木全是父亲的心血,能在竹园与父亲相见于梦中,应该是天意,我心足矣!

圣诞是送父亲走的日子,所有的日子好像都是父亲设计好的。那年的圣诞,江南严寒,万物重霜为父戴孝。今年的圣诞,冷而不寒晴空万里,我想父亲在天国一定也是光明祥和、四季如春。爸爸,再见!

二〇一四年圣诞节于信号山

平凡母亲的不平凡

和母亲同辈的同事都叫她阿蔡，只有年轻人称呼她蔡老师。记得有一段时间，母亲供职的中学一下子有了三位蔡老师，年龄相当，无法用老蔡、大蔡和小蔡来称呼，只能称母亲为云老师，让人误以为是蒙古人呢。母亲名字很美，与母亲年轻时浓而黑的短发、大而黑的眼睛很是相称。

母亲其实差一点就没命了。母亲生在民国24年也就是1935年秋冬，1937年母亲2岁的时候正是日军全面侵华的年代，日本飞机又一次轰炸无锡，做豆腐小生意的外公锁好了蔡家角的家门，把一担子细软银元挑在肩上，领着全家老小八口人，走上了艰苦漫长的逃难之路。母亲的祖母其时已经六十，外公是这户富裕人家的独子，逃难路上外公肩上挑着全家所有的银元大头，大姨告诉我那是一只用一把好看的铜锁锁着的木箱子。我姥姥因为月子得病刚刚恢复元气，自顾不暇。9岁的大舅背着一床棉被，5岁的二舅背着一把沉重的油布伞，13岁的大姨和祖母轮流背负母亲。逃难路上发生了一系列可怕的事情。首先是雨雪天气又冷又饿，然后是一箱子银元被残兵抢走，最后是炸弹的巨响将母亲吓得哇哇直哭，矮小的大姨背着母亲越走越沉，终于大姨落后于全家人，瞅准机会，将母亲放进了路边一个观音堂后撒腿便跑。走了一段，祖母突然发现母亲不见了，连忙询问大姨，大姨哭诉着道出实情。祖母全然不顾情形紧急，逆着逃难人流找到了观音堂，找回了正在嗷嗷大哭的母亲……这段历史是92岁的大姨亲口讲给我听的，时间、地点、事件经过，清清楚楚，言语间流露出对鬼子的深仇大恨。逃难路上，大姨还见到过无数被丢弃的孩子遗体，为了保全大人的性命，有的小孩还被绳子系在桑枝上，为的是不让孩子追上来。母亲多亏有一个充满爱心的祖母，用自己温暖的怀抱止住了母亲的哭声，救了母亲一条小命。其实母亲的祖母一生没有生育，外公是她领养的儿子。母亲大难不死，才有了以后起起伏伏的人生。

　　母亲是一个平凡的人，但平凡的母亲却有几个不平凡之处。

　　母亲的出生地不平凡。母亲籍贯无锡梅村。梅村，也称梅里，紧挨钱钟书老家无锡鸿声。据《史记·吴泰伯世家》记，大约公元前12世纪，周人的先祖古公亶父生病，亶父有三个儿子：长子泰伯、次子仲雍、少子季历。季历的儿子昌（就是后来的周文王）"有圣瑞"，所以亶父想传位给少子季历，最终能让昌接班。这事毕竟不合规矩，但泰伯和仲雍支持父亲的决

定，假借到衡山采药，双双离家出走，从陕西岐山周原居地率领部分周人向东南迁徙，最后定居于无锡东南梅里（今无锡市新吴区梅村）一带。亶父卒时，泰伯、仲雍回去奔丧，再三礼让，由季历继承父位，称季历为"公季"。丧事完毕，泰伯、仲雍归梅里，归附者有千余家，立泰伯为当地的君主，称"吴泰伯"，自号"勾吴"。时值商代末年，王朝衰落，中原地区的侯王用兵频繁。泰伯深恐兵祸波及，在梅里平墟修筑城郭，"周三里二百步，外郭三百余里"，名曰"故吴"。现在的梅村就有泰伯庙，无锡百姓每年正月初九都要集会纪念泰伯。孔子称泰伯为"至德"，司马迁在《史记》里把他列为"世家"第一。母亲生在至德之乡，确实不辱其名。母亲至今甚为出身自豪，兄妹五人，四位共产党员，只有二舅入赘鸿声未有入党。大姨绣工出身，大字不识一筐却有超强的记忆力，不用片纸只字就能够将上级会议精神传达得清清楚楚，能力超强，在老百姓的黄豆直选下，在当时无锡县委书记王凯琪的培养下，成长为江南第一位女乡长，事迹刊发在当年的《江南日报》。

　　母亲的求学之路不平凡。母亲生在亦农亦商的大户人家，家中人口多，农忙时有几十亩地要侍弄，除了雇短工，自己人也是要下地劳作的。农闲时外公做豆腐到无锡苏州做买卖。母亲因为是女孩子，本来上学就晚，忙时又要跟大人做生活，只有闲时才能到学校念书，其间拉下的功课全靠自己补习而得，断断续续地读了4年小学就毕业了，在梅村实验小学毕业时已是一名16岁的大姑娘，好在学习刻苦，以第一名的成绩保送无锡师范。那一年全无锡总共有2万多人报考了师范，考场不够，用礼堂用茧行，监考老师不够，像母亲这样的保送生就当起了监考小助手。2万多名考生报考最终才录取了4个班的学生。母亲排行老四，在兄妹五个中，算是和小舅读书最多的了，在母亲同龄的家乡姊妹中也是学历最高的了。翻开母亲最为珍贵的收藏品，中文系的毕业证书赫然眼前，仔细一看，原来母亲跟我不仅是校友，而且是同级。好学上进的母亲竟从来没问我要过一次听课笔记，在我考上大学后，一个人在工作生活之余，以优异的成绩悄悄地完成了大学中文系的函授学业。

母亲的入党考验不平凡。早在母亲师范毕业时，就已经在共青团工作，积极向党组织靠拢。但自从嫁给父亲这样家庭背景"不干净"的人以后，入党的事连想也不敢想了。在那个年代，每逢儿女填表，填到母亲政治面貌一栏时，母亲总是脸色黯然，似乎做了什么对不起儿女的事。直到儿女考上大学，政治形势开始松动，母亲终于第一次向党组织递交了入党申请书，其时母亲已经四十多了。没想到学校领导却是"文革"遗留，一肚子小算盘，既要用母亲撑门面，因为母亲是市级优秀教师，又不想重用母亲，生怕母亲调离学校远走高飞。母亲的入党申请书一压就是十年。一节成功的公开课终于让母亲调离了原来的学校，新校长见母亲教学成绩卓然，为人正直朴

实，群众基础超好，居然不是党员，才又让母亲写了第二份入党申请书。其时还有人存疑，一个面临退休的老教师是否可以入党。校长请示党委书记，得到了肯定的回答，知识分子入党什么时候都不晚，别说50了，60、70、80照样也可以。54岁的母亲终于填写了入党志愿书，在退休之年转为中共正式党员。入党以后母亲拿着退休工资又继续为学校多干了两年工作。时代的风雨，历史的冷暖，母亲一头又浓又黑的发丝几乎全白了，这是坚持了怎样的信念，又是面临了怎样的考验？

  母亲的文革经历不平凡。母亲年龄小父亲很多，文革开始的时候，母亲正是风华正茂，因为教课好，又能歌能跑，所以很快成了教师队伍中的积极分子。我还记得，69年，母亲领着我坐上了去苏南的文化革命中心——苏州的火车，准备参加停课闹革命，结果火车才到硕放车站，就有人找到我们母女并把我们赶下了车。又饥又渴的我们好不容易在硕放军营吃了一顿饭，才搭车回到无锡。善良的母亲没有想到，她积极参加的无产阶级革命领袖毛主席发动的文化大革命，革到了自己家人的头上，先是大姐被打成了反革命保皇派，没完没了的批斗，接下来是自己的丈夫被打上了走资派，剃阴阳头、游街示众。母亲想不明白，老党员老革命的大姐怎么成了反革命，一个小小的校长又如何成了走资派？于是再也听不到母亲的歌声了，再也看不到母亲跑步的身影了。再后来就是母亲和父亲的别离，父亲带着我们姐弟下放，母亲用尽全家所有的布票，为孩子们准备过冬的棉大衣；母亲节省下自己的饭钱，买来了羊毛，白天用小巷里的井水细细地洗净，用日头晒透，晚上就用借来的纺线机，双脚踩着双手捻着，一个星期的工夫，纺出来几斤原白色的羊毛线，为我们姐弟织好了过冬的毛裤。直到文革后期，母亲才被解放到小红花艺术团担任艺术指导，在我的记忆中，在母亲的指导下，八部样板戏排成了7部，车间、地头、营区、校园，到处演出，虽说是样板戏，但是浸透了母亲的心血，母亲培养了一大批文艺骨干，许多人在文化大革命一结束就考上了艺术院校和文艺团体。我现在想，母亲当时是把这当成事业在做啊，不让教课、不让带班的日子，对母亲来说是多么难熬啊！起起落落，浮浮沉沉，母亲后来对我说，在革命运动中，你永远不知道明天等待你的是什么。

后来我要与母亲离别了，还残忍地要让母亲和她一手拉扯大的外孙离别，离家的时候，蓦然回首，母亲的两鬓竟然白了，坚强的母亲边挥着手边说："到了那边就知足常乐，勤牵记我！"

母亲，我记着了！

我和母亲

第一次知道母亲节的时候,心里就掠过一种惊诧——思念母亲还需要节日吗?可是随着与母亲的距离越来越远,随着日子一天天地过去,随着工作一天天地忙碌,随着……突然就领悟到设立母亲节的必要性。

昨天晚上央视某频道记者在北京街头巷尾采访众多母亲,有的母亲不知道有母亲节;有的母亲反而为忘了母亲节的儿子辩解,干工程设计太忙了;有的母亲小声地说孩子能回来看看就行;有的母亲因为女儿出钱让自己选购热水器而感到很自豪;几乎没有一位被采访到的母亲已经完全享受到母亲节的快乐。于是我想:设立节日是为了纪念,但纪念应该依赖于节日吗?

当我们于青春华年告别母亲的时候,人生的旅行就开始了,其实也踏上了一条永远远离故乡、远离母亲的路。这一路上,遇到许多朋友,亦或深爱你的人,他们像黑暗中的灯塔,给了你方向与温度,在某一时段照亮了你的前路。但是这些出现在我们生命里的灯，由于种种原因，不会一直亮下去，亦不会一直陪伴下去。共行一段路程，然后挥手告别，就此别去。只有母亲，却是长久陪伴你前行或后退、欢笑或痛苦、富贵或窘困的唯一。

我和母亲，与其说是母女两代人，不如说是亦师亦友的两个大女孩。可能是从小跟着父亲曾经和母亲两地生活，也可能是父母亲年龄差距比较大，在我高中毕业以前，母亲在我心目中一直是一位勤劳聪明的大姐姐形象。母亲和我性格迥异，母亲内敛我外向，母亲执着我懒散，母亲安静我活泼，母亲吃苦我吃甜。在课堂上侃侃而谈的母亲，平时言语不多。但做事特别认真、执着，只有周末才回家的母亲，年轻时深居简出，不少邻居居然都不认识母亲。在我的记忆深处，每个周日来看望我们的母亲，一回家就有忙不完的活。让我佩服的是，母亲做衣服时会在胸襟上绣一朵小花，织围巾时会在上面织出英文字母图案。做饭的时候，又会在砂锅里炖出香味扑鼻的素汤，把茄子做出九转大肠的味道。房间里的玻璃花瓶，是父母亲的结婚纪念品，只要母亲回家，花瓶里就会永远插着清香扑鼻的野花。到了我和母亲个头一般高的时候，母亲拿出结婚时做的毛料裤子，对我说："妈妈年轻的时候也是一尺七的腰围，你试试，穿上正合适。"又把年轻时的连衣裙改成两件短袖让我们姐妹穿，让我在一片青蓝的校园里引来了无数的目光。

那时候的母亲，就像院子里的那棵榉树，似乎从来也不需要什么给养，从不考虑自己的需求，但总是青青葱葱，为我送来荫凉。那坚硬笔直的树干，支撑着院墙；那密密丛丛的绿叶，覆盖着院落。

退休以后的母亲，就像院子里的那棵腊梅。我年轻时不懂事，急着往远处飞。终于说服母亲办了调动手续。虽然母亲早就知道这一切，但当母亲看见我收拾行李的那一刻，泪水已经夺眶而出。那时候，每次探亲离家，一向坚强的母亲都不敢送到巷口。母亲的头发就这样一年比一年白，突然有一年就全白了。儿子看了竟害怕地躲到我的身后说："妈妈，阿婆的头发，阿婆的头发……"儿子不知道，阿婆的头发是怎么白的，又怎么一下子全白了。遗憾的是我没有能够见证母亲退休以后的生活，由于自己工作的变换，一年回家一次都成为奢侈。经常飞来飞去的出差，但很少是为了母亲。有一次在上海学习，朋友陪着到苏州，知道我心思的朋友说："回家一趟吧，就1个小时。"我沉吟片刻还是拒绝了。母亲已经睡下，听说我回家，她老人家又要到厨房做我最爱吃的点心，突然的惊喜也可能让她的血压升高。我走了，她可能再也睡不成一觉。于是，那夜，我在苏州东山的雕花楼宾馆，望着窗外的白月光，想念远在百里之外的母亲，默默祝母亲做个好梦，梦中见到远方回来的女儿。

和母亲分隔两地，全靠电话联系。但是我和母亲约法三章，只有我打电话回家，不让母亲给我打电话。于是只要在规定的时间我没打电话回家，母亲就会在心里嘀咕。于是只要我打电话，本来很想跟父亲多说几句，父亲也会习惯地说，你妈妈在，让你妈妈跟你说。我是个报喜不报忧的人，母亲总会对我说：阿惠，不要太要强，妈妈不在身边，你要冷暖自知啊。虽然是自己选择的路，撑不下去就回家吧。一句回家，泪水打湿了我的衣襟……

今年母亲节前两个礼拜，我就打电话询问母亲要什么礼物。本来讲究节俭的母亲，如今总会毫不犹豫地开出礼单：买衣服，大红的，大花的。母亲深知女儿的心思，远在外乡的女儿，除了为父母寄上几件衣衫几双鞋袜，还能尽什么孝心呢？母亲不缺衣衫，母亲想把女儿的孝心穿在身上，以减轻女儿心中永远的遗憾啊！

二〇一四年五月十二日于信号山

老妈热线

昨天南京表哥给我发来微信:"刚才两个老妈通电话,我在旁边听得笑倒了,耳朵聋,互相七里缠了八里。"(无锡有句俗话:"七里缠勒八里,蒲鞋着勒袜里",意思是搞错了事情,犹言张冠李戴。)表哥所说的两个老妈,一个是表哥的老妈——我唯一的亲姨,一个是我的老妈——表哥唯一的姨妈。父母没有我之前,因为姨妈工作忙,表哥曾生活在我家。因为姨妈没有闺女,从小把我当女儿看待,所以我和表哥有了两个老妈。姨夫走后,姨妈不愿意去南京,就一直和我父母住在一起,父亲走后,姨妈才被表哥接到南京。如今,相差十一岁的两姐妹,一个无锡,一个南京,平日联系只能靠电话,于是就有了老妈热线。

耳聋是外公的遗传基因,上了年纪之后,两个老妈的重听越发严重,每次给她们打电话,半小时的电话好像开了一场音乐会。而两个老妈之间通电话,则成了各自唱的两台戏。只要我在家,一开始,我和表哥还会做传声筒,久而久之,我们发现听不清楚并不影响老妈之间的交流，她们之间有心灵密码，听不清却依然能聊得欢。

记得有一次，亲妈告诉南京老妈，"过年要摆八十寿宴，姐姐什么时候回无锡？"电话那边回答，"两个孙女放寒假了，腊月廿八就回无锡了。"亲妈又说，"天气冷了，姐姐要当心身体。"电话那边回答，"儿子很孝顺，昨天刚刚为我洗澡搓背。"……所以我和表哥一致认为，老妈热线，不论什么话题，不管是否听清，有亲情做基调，高亢的旋律一样回荡。

愿老妈热线，年年连线。

二〇一五年国庆于信号山

姆妈就是家

清明快到了，终于可以借着假期让自己匆忙的脚步慢下来，可以在阳春三月下江南的吟唱中，可以在明媚的满天油菜花香里，逃离现实生活中的乍暖还寒，一路向南，回江南，回家。

不知什么时候，江南、家、姆妈，早已经三位一体了。

院子里有三棵树，分别是父亲年轻时、中年后、老年了之手植。大榉树守着院门，好像是弟弟，人到中年事业有成，话不多却永远让人有依靠；院子中心的丹桂树，是我，一年难得回家一两次，也就是夏秋时节飘香几次；阳台下的腊梅树，便是姆妈，越是天寒地冻，香味越是浓郁……

父亲走后，姆妈坚持一个人独居老屋，楼上楼下，院里院外，偌大个家只有姆妈一个人进进出出，她说不孤单，也不害怕，她说破家值万贯，她要守着这个曾经热闹非凡的家，等着不辞而别的父亲夜来入梦……

每一次回家，我不住姆妈一直为我保留的闺房，也不住弟弟搬出去后空下来的客房,和父亲一样,我坚持和姆妈同眠一床,同盖一被。不知为什么,尽管姆妈的老式雕花大床很硬,卧具也不像在自己家里那样柔软,但每天我都是新闻未开始就已经倒头睡着了,我想这就是家吧,船靠码头人上岸,睡觉也就格外香甜吧。第二天醒来,只恍恍惚惚地记得姆妈跟我说着国庆别后日子的桩桩件件小事,儿女的孝顺,孙女的好事,女婿的勤快,老友的情分……

上一次临行前一夜,却怎么也睡不着。在姆妈时轻时重的鼾声中,我从静静地流泪直到抽泣痛哭,我知道姆妈已然熟睡,即使醒着也耳背重听。忽然就想起,姆妈70岁时小中风后,突然就变得身不轻脚不健了,有一次全家外出,正当盛年的弟弟不理解姆妈怎么一下子就老了。人,什么时候都想有一个永远不老的妈!

每一次别母远行后,回到自己家就又数着日历等待下一次归程。有爱不觉天涯远,春空千鹤若幻梦。《旧约》言:生有时,死有时;聚有时,散有时。和姆妈还能聚几次?林少华说:"年老的父母就像远方天际的那缕夕晖,陪伴和温暖着自己。"有人说:"人生最无能为力的事,第二件就是'离你而去的人'。"如今父亲走了,心痛无奈,今后的岁月,就是替父亲守护好姆妈!姆妈就是家,姆妈就是我永远的江南!

无锡阿婆的面条

翻看儿子的微信,工作与美食几乎各占一半。自称美食家的儿子,在青岛生活了近二十年,在家却几乎从不吃面食。记忆里,从前奶奶姑姑在青岛时包的饺子,一顿也吃不上10个。说到饺子,儿子还有一句经典话语:妈妈,吃饺子,吃第一口和最后一口都是一个味道,还不如炒几个小菜呢!

在儿子眼里,青岛就没有什么好吃的面条,偶尔会去1路公交车站,在十分破旧的老三面馆,吃一碗大头菜炒拉面,据说老三面馆竟然荣登岛城十大面馆之列。在家里,儿子也从来不吃面条,尽管孩子爸爸的时蔬炒面味道不错。终于有一天,我问儿子,那你觉得哪儿的面条最好吃,儿子想也不想脱口而出,阿婆做的面条最好吃。啊,原来如此!

2015年年底,儿子在微信上转发一篇文章,题目是《有一种幸福叫做我在无锡有个外婆》,儿子就是文章开篇提到的"谨以此篇送给那些由外婆带大的无锡孩子!"其实这是一篇赞美无锡美食的文章,儿子喜欢美食,说穿了源自阿婆做的美食。

同样在江南上大学的儿子，浸润在江南的美食之中不可自拔。每周放学后坐着火车回到无锡阿婆家，一大碗热腾腾香喷喷浇着肉盖头撒着小青葱的面条，正好在儿子进门后上桌了，虽然马上就要吃晚饭，但是不消一歇歇功夫，呼噜噜一碗面条一扫而光。我没有亲见此情此景，但听母亲说的时候，眼前仿佛看到被学校伙食饿瘦了肚子的儿子，那油嘟嘟的嘴唇和心满意足的表情。

国庆节，听说儿子因为工作繁忙无法回江南，老母亲心里牵记外甥，嘴上却勿讲。听说外甥想吃她做的面条，便开始忙起来了。先是等一天好日头，颠儿颠儿跑去街上轧面店里买来潮面，在竹匾里松松地盘成一小卷一小卷以后晒，一个太阳晒不干就要两个太阳，直至晒干，又仔细用食品包装袋一卷一袋包起来。面条有了，做面汤需要用到猪板油，母亲又到菜场肉铺定下上好的猪板油，买回家后用铁锅耐心熬制，用密封罐装好。面汤的猪油有了，还要小香葱。母亲买来大把大把带根须的香葱，齐根留下一寸长的种在花盆里，其它的香葱绿叶剪成葱花碎段，仿照方便面的蔬菜作料，晒成葱花干。整整忙了半个月，一个青葱花盆，如今已经种在儿子小区的花园里，一箱子干面和作料，也已经把冰箱装得满满的。天哪，这哪是面，分明是无锡阿婆的一片心啊！

儿子出生在江南，是阿公阿婆帮他断了母乳。一直让我遗憾的是，儿子三岁来北方，在北方方言区长大，对于吴侬软

语，能听却说不像了。好在儿子挺拔魁梧的身躯里藏着一颗温暖灵秀的心灵。在饮食味道上，也始终偏好江南风味，虽然我从没有教给他如何做饭，却能做几个江南好菜。年轻的儿子在外闯荡了三年，对于乡愁也品尝了一二，尤其是打小跟着我南来北往地长途颠簸，对于江南亦是情深意长。这一点让我感到很欣慰。

人，只要是漂泊过的人，内心都充盈过乡愁。从《诗经·小雅·采薇》"昔我往矣，杨柳依依；今我来思，雨雪霏霏"，到汉代古诗十九首《行行重行行》"胡马依北风，越鸟巢南枝"；从唐朝孟郊《游子吟》"谁言寸草心，报得三春晖"到宋代李清照《菩萨蛮》"故乡何处是，忘了除非醉"；从席慕容的"乡愁是一棵没有年轮的树，永不老去"到余光中的"乡愁是一枚小小的邮票，我在这头，母亲在那头"……对文人而言，乡愁是一首诗，乡愁是一阕词；而对普通人来说，乡愁有时候就是一种味道，是一碗水，是一杯酒；对儿子来说，乡愁竟就是一碗面——一碗阿婆亲手烧的热腾腾香喷喷肉浇头小香葱的红汤面啊！

那就让江南在儿子的人生中，永远红胜火绿如蓝好梦缠绵，永远热腾腾香喷喷舌尖回味吧！

江南风俗

青砖青瓦青石路

"撑着油纸伞,独自彷徨在悠长、悠长又寂寥的雨巷,我希望飘过一个丁香一样的结着愁怨的姑娘",去江南的人,大都会想起江南诗人戴望舒的这首爱情诗,也大都明白,雨巷绝不是柏油路或者水泥道。是的,如果用一个词来形容江南的小巷,青砖是最最合适的了。小巷两面的高墙,是单薄但坚固的小青砖砌成,素淡的不施粉黛;小巷窄窄的地面,是厚实的四方大青砖铺成,简朴得不加修饰。没有色彩的江南小巷,晴天像远山的一抹黛青,雨后就真的成了一幅水墨山水了。

青砖,在现今的装修中已是难得一见了,跑遍装修市场,恐怕也很难买到青砖,即便有,也名不副实,只是做成了青砖的模样罢了。

地地道道的青砖已经在江南流行了上千年,如今只可以在江南园林或者大户人家还能看到。青砖用处可大,铺地只是其中之一。有时可以砌成青砖墙,完全不用半点石灰,也叫清水墙,看着单薄要拆除却颇费功夫;有时考究一点的人家,

大门的门楼上用青砖做了砖雕,是那低调的奢华;有时可以做成月洞门的墙边,你侧着身子在上头留影的时候就已汇入园中之景;有时可以做窗台,四四方方的青砖配着桐油油过的木格子窗户,朴素又实用,骄阳晒不败,雨水浸不烂;甚至连家里的窨井(北方人叫地漏,或者就是青岛人说的古力盖)也是在青砖上雕出花瓣状的漏口做成,千人踩万人踏,你也不用担心掉下去。所以从小生活在江南,青砖于我司空见惯,简直每天不离。

青瓦呢,如果说青岛的红瓦绿树是吴冠中笔下的油画,那么粉墙黛瓦的江南,自然只能用水墨画来形容了,而作为江南人的吴冠中,竟用疏疏朗朗的几根线条,就把江南的神韵点染得淋漓尽致。青瓦,没有琉璃瓦的金碧辉煌,不羡富贵荣华,没有陶瓷瓦的娇嫩金贵,不求富丽堂皇,但是青瓦自有一份属于自己的风华。尽管青瓦之后各种各样的瓦相继问世,但人们依然钟情青瓦,寻常人家喜爱它的朴素无华、价廉物美,高门大宅喜爱它的水墨韵味、别有风骨。因之,无论穷乡僻壤,还是繁华闹市,到处可以看见青瓦的身影,有专家说青瓦的历史几乎与一部中国建筑史同步。

青瓦虽然种类不多,但是摆放的样子不少。屋檐最前端的一片瓦就是瓦当,瓦面上带着呈月牙状或半扇状的挡片,好像盾牌一样护着木头屋檐。考究的瓦当上图案丰富优美,有云头纹、几何形纹、文字纹、动物纹等,本身就是一种既朴素又精致的艺术品，凝聚着古代中国人的聪明智慧，是中国古代建筑文化的重要组成部分。垒在屋顶上的青瓦相对比较简单，挨挨挤挤好像水波一样，方方的、弯弯的青瓦一块接一块摞叠，远看屋顶好像黑色的一陇陇田埂，近看屋顶上的青瓦其实是阴阳合拢、凹凸相扣的，江南多雨，这样才能保证雨水一点不漏地顺着青瓦的凹处流下来。所谓"屋下黄流可榜舟，屋头青瓦更鸣沟。小窗一梦平生足，闲著渔蓑伴白鸥。"屋脊上的青瓦，好比武士列队，连成一道龙脊高高挺立在屋顶，使得不高的江南民居有棱有角、威严整肃。青瓦的用途还不止在屋顶之上，江南的能工巧匠们可以用青瓦拼出各种各样漏窗的图案，几何图形和自然图形兼而有之，早已成为江南园林或江南人家的一大景致了。

"撑着油纸伞，独自彷徨在悠长、悠长又寂寥的雨巷，我希望飘过一个丁香一样的结着愁怨的姑娘。"其实每一个人来到江南，都可以这样，顺着一面青砖墙，望过一屋青瓦顶，走上一条青石路的小巷。青石路，考究的用一块块薄而坚的青砖竖起来立铺而成，用料多；简单的直接用厚实的青砖平铺而成，用料少。不管横竖，街面一律呈弧状，中间高两边低，在多雨的江南，这样的设计甚是巧妙，在"夜晚是水，白天也是水"的水江南，在"雨水日子般落下来"的雨江南，无论黄梅时节落雨纷纷，还是夏天季风大雨倾盆，雨中的青石路是永远不会积水的，而雨后，踩在青石路上也不会污泥粘鞋。盛夏的雨后，

孩子们赤着双脚踩在清爽的青石路上，凉爽的感觉顿时从脚底升起，比任何空调都惬意。可巧的是，我在无锡教书的时候，学校就位于运河边的青石路民主街24号（后来改名欧风街）。80年代的青石路确实不宽，也不算平整，骑车穿行在青石路上，需要一点技巧，好在当年汽车不多，骑车徐行，路过之处，市井生活全在眼底，邻里之间，隔窗招呼，朝夕相处，如同家人。江南的青石路，炎炎夏天不烫脚板，皑皑冬雪不会滑倒，历久弥新，只要你不去挖掘，是不会因大雨积水而淹死人的。不仅如此，当你撑着雨伞，踩在青石路上，耳边仿佛会响起历史的回响，而你推开的每一扇江南院门，可能都有一个美丽的故事在等你。

　　出身泥土的青砖、青瓦，经历水火相融的淬变，从西周走来，在江南驻足，讲述着一个个小桥流水的故事，见证了一家家大宅小院的日脚。在我眼里，青砖青瓦就是那稿纸，每一块、每一片都书写着江南的历史，而青石路就是那连接江南古今的通道，只要我们愿意走，它也一定会通向江南的未来。

矮脚楼、推槽板和天井

　　古人描绘江南水乡人家，通常会讲"君到姑苏见，人家尽枕河"，或者会形容"家家尽枕河，户户捣衣声"，其实在江南，特别是无锡，不仅家家枕河，而且户户临街，家家店铺。这些临街的商铺，外形并不高大，俗称矮脚楼，本文讲的矮脚楼，既不是无锡清明桥的矮脚楼面馆，也不是苏州白塔路上的矮脚楼馄饨店，而是承载面馆和馄饨店的建筑本身。江南有句俗话，"讨老婆不讨矮脚婆"，但在明清时期，但凡江南热闹的市面，都喜欢造矮脚楼，不仅风行一时，而且作为主角占尽江南商机。

　　所谓矮脚楼，顾名思义就是底楼不高的两层楼，从底楼到二楼的楼梯不需要转弯，直上直下一趟楼梯即可。这种楼房主要在寸金寸土的闹市区做沿街商铺，楼下沿着街面，无论开间多大多小，一律可以做成店面，哪怕不到一米宽，也能做成三尺柜台。楼上堆货亦可住人。青壮年通常外出上学做工，基本都是老小在家，楼梯不高，方便上下。生意不忙的时候，

往往店面不需要专人看管，店主可以上楼理货或者算账，来了顾客摇摇门铃或者喊一嗓子，店主即可从楼上下来，生意一点也不耽误。矮脚楼全部是木头，天长日久楼板都有缝隙，记得我家曾经的店面楼板上，全部用孙中山时期的纸钞把缝隙糊死，每当同学们来邀我一起上学，总会抬头看看满楼板的钞票，叹息说要是真钞票就好了！

　　随着矮脚楼的出现，诞生的还有推槽板。这种推槽板是矮脚楼底楼的门板，与如今建筑上用的推槽板完全不是一回事。以前民风朴实，虽不能夜不闭户路不拾遗，但是店面是不用防盗门或防盗卷帘门的。底楼门面一整面都是推槽板排成的木头门，推槽板其实就是一块块长条形木板，长不过6、7尺，宽不过6、7寸，厚度顶多半寸左右。门面的上下都用木头做成了凹槽，宽度正好能够放进推槽板。店面每天的营业，就从店主取出一块块推槽板开始。在江南古镇上，推槽板除了做门板，用途不少，特别是热天，生活中更是缺不了推槽板。满河游泳的人，推槽板成了那些练习游泳的孩子们的救生工具，当然那个时代河水都是清粼粼的。夜里，推槽板又成为每家每户吃夜饭的饭桌，孩子们纳凉休憩的卧榻。

　　穿过矮脚楼的推槽板门面，再走过店铺，往往就来到了天井。矮脚楼与深宅大院不同，一般是前店后坊的格局，店面后面紧跟着的是手工作坊或工人吃住的地方。通常而言，连接店面和作坊的有一个天井，面积不大，主要用来透光、通风和排水。所谓"天井",现代汉语词典上有两个义项,一是宅院中房子和房子或房子和围墙所围成的较小的露天空地;二是某些地区的旧式房屋为了采光而在房顶上开的洞。本文指的天井,显然为前者。因为但凡矮脚楼,开间都不大,一开间是常式,需要通过拉长房子的进深来增加房子的面积。为了能够保证每一进深的房子都有阳光,都能通风,都能很好地排水,因此,几乎每个进深之间都用天井连接。而每一个天井,虽然造型各不相同、格局有大有小,但是功能是一样的,所以,在天井里,窨井是必须有的,用青砖做成地漏,雨水、加工生活用水自然流进阴沟里了。天井里,假山、盆景、花卉也是常有的摆设,记得我家第一个天井很小,只设有一个窨井,便于二楼房顶往下泄水。第二个天井,面积一下子变宽了,开间到这里变得开阔,成为两开间。所以天井的一个墙角,就种了一棵大大的月季花,月月开花,粉的、红的,朵儿有大开到小,常常被同学摘去插在自家花瓶里。天井的另一头设了一个小小的灶披间,是工人们日常做饭的场所,屋檐下挂了一溜木钩子,都是用天然的树杈做成,用来挂江南竹子做成的淘米篮和菜篮。灶披间紧靠的围墙很高,邻居之间完全不可能相扰,往往只闻其声不见其人。因为围墙很高,高得太阳只有当空照的时候才能晒进来,同时天井正好对接堂屋长长的走廊,盛夏季节穿堂风吹过,天井里特别阴凉,为此天井地面上铺设的青砖早已被青苔覆盖。我家第三个天井面积最大,完全是孩子们的乐

园。春夏秋冬，藏东西、躲猫猫、跳绳踢毽、读书弹琴，都在这里。下雨的时候，可以站在房间里，看天井里各种各样的花卉树木，咕嘟嘟地喝水，蹭蹭蹭地长个。秋天，爸爸会搞菊展，夏天，姆妈种的丝瓜一直要攀上二楼的阳台。此时整个天井又成了一座花园、一座植物园。爸爸说，前店后坊的房子本来是工人住的，七进老宅被日本人烧掉以后，全家人才住到这里来。

在宅院的房子与房子之间建造天井，实在是古人的妙招。深宅大院往往围合封闭，加上等级观念气氛整肃压抑，有了一个一个天井做串联，一下子显得开放豁然，民主的风、自由的风一一吹进来。站在一方小天地，向外，可接朝露暮雨，朝里，能聚思想灵气。高高的四合围墙蕴藏着江南文人一颗退隐之心，所谓退思补过；蓝蓝的一方天空又抒发着江南文人满腔报国之情，可谓进思尽忠。如此说来，"天人合一"在一方小小的天井里得到了淋漓尽致的体现，小天井还就成了江南文人们的文化空间呢！江南大学设计学院过伟敏教授对于天井的评价更专业，"天井虽小，却保留有江南造园的痕迹。""狭小空间的用心布局看上去简单，却反映出天井成为文人进退自如的一方净土，反映出他们渴求自然、'大隐于市'的心理状态。"而我想说，如果说江南流水是昆曲里青衣翻飞在江南的水袖，那么天井应该就是江南文人仰望星空的明眸了吧！

对江南过年的专属记忆

不经意间，年就这样悄悄地走来又走去了。季羡林老先生曾经说过："年，像淡烟，又像远山的晴岚。我们握不到，也看不见。"年，是时光的影子，年，是岁月的脚步。我们年年过年，但总说不清什么是年。好在我们有记忆，对节日的记忆，对年的记忆，特别是我，还有对江南过年的专属记忆。

小时候，对年的记忆是和那个物质贫乏的时代紧紧相连的。对贫穷人家来说，女孩子们过年了才能穿上新花衣，男孩子们过年了才能燃放震天价响的炮仗，一家大小过年了才能吃到垂涎已久的食物。对于我而言，过年了，才能全家团圆，才能不用天天练字，才能躺在温暖的被窝里随便看书。

后来小小年纪坐上火车到别的城市求学。正逢叛逆期，少女的叛逆就是离家远足，全然不顾父亲在车站望穿秋水，全然不顾母亲在厨房精心烹调。寒假一到，口袋里揣着不多的钱，立马跑上海、去杭州、到南京。印象最深的是有一年冬天，火车要到无锡时，一节车厢里只剩下两个人，望着窗外纷纷扬

扬的雪花，把自己想象成了一个无家可归的卖火柴的小姑娘。其实这个时候，爸爸妈妈已经急成了热锅上的蚂蚁，通讯不方便的年代，女儿到了年关还在外面疯跑，能不急吗？

再后来，就是立业成家，告别江南到山东生活。第一年没好意思回娘家，就在山东过的年。没想到，大年三十鞭炮放的比雷响，一台春晚几乎什么也听不见。熬过了三十，初一刚想睡一会懒觉，左邻右舍又早早开始串门拜年。然后是除夕吃饺子、初一吃饺子、初五吃饺子，到了正月十五还是吃饺子。所以从第二年开始，一放假我拔腿就回江南，哪怕进了机关，大年三十也要开车赶回家，就为了江南的年味、年俗。

如果你问我，对江南过年的专属记忆到底是什么？那我告诉你，江南过年就是爸爸手中沾着面酱糊的红春联，拖着纸引信的红炮仗；江南过年就是妈妈厨房里盖着红醪糟的糟扣肉，配着酱油碟的白斩鸡；江南过年就是姥姥围裙下一张张的压岁钱，面缸里一个个的柿子饼；江南过年就是孩子们身上一件件的花棉袄，胯下一根根的青竹马；江南过年就是除夕夜席上温软的吴侬软语，动情时眼中闪烁的晶莹琉璃……最近看新闻，听说老家在寿光的女儿给父亲打电话想回家过年，结果父亲流着泪拒绝了女儿的请求，原来这是山东的风俗，出嫁了的女儿是不能回娘家过年的，说是如果家里有兄弟，会对兄弟不利。天哪！幸好自己是江南人，年年能回娘家过年，而且家弟事业家庭一切顺心！原来，那浓浓的亲情和乡情才是对江南过年的专属记忆。呵呵,这个年很快也变成了过去时态,问题是过了这个年我们再怎么走?如果没想好,那我告诉你,季老还说过一句话:"一切都交给命运去安排吧。"

汤团、年糕、八宝饭

之所以把汤团放在第一位,是因为许多北方人大抵只知道元宵,而不知道汤团为何物,另外汤团是冬至必备食品,而对无锡人来讲,素有"冬至大如年"的说法。

被我称之为江南"年三样"的,当然与被称为"鱼米之乡"的江南有关。江南盛产大米,无锡更是四大米市之一。江南特有的地理环境和地域特点,造就了江南以糯米和米粉作为制作食品糕点主要原料的特色。"年三样"如今看来稀松平常,但若放在40年前的江南,过年时能够吃到"年三样"也是相当有口福的,更何况商店里没有卖的,只能靠自己亲手制作。

与年糕、八宝饭相比,汤团在江南年节美食中应该是重量级的,地位类似于北方的饺子。汤团内容丰富,亦荤亦素,用途广泛,既可当成待客点心,又可作为家庭主食,而且一日三餐餐餐可以食用。汤团的外形分为圆形、椭圆形和拉尖的圆形,在我家中,妈妈常常用圆形的包肉馅,用椭圆形的包芝麻馅或者萝卜肉馅。汤团的外皮和元宵一样,在江南家家都用水磨的糯米粉，因为细腻又软糯，入口不粘牙，久放不干裂。和水磨糯米粉，要用热水，水量不能多也不能少，然后趁着热乎劲慢慢揉，小时候在冬日之夜，我最喜欢帮妈妈揉糯米粉团，热乎乎香喷喷，不会揉面的我总是弄得满手雪白。决定汤团好不好吃的关键当然还是里面包的馅儿。江南常用的汤团馅儿，绝不是白菜猪肉，荤的有纯肉馅儿、半荤半素的有萝卜猪肉馅儿，而且用的是水分足足的江南白萝卜，素的几乎都是甜的，黑芝麻馅儿、红豆沙馅儿是最常用的，黑芝麻要用生压出来的猪板油调和，红豆沙馅儿直接用白糖拌就可以了。一个个汤团做好后码在小竹匾里，白白胖胖，煞是可爱，等着下锅煮熟捞出，吃进嘴里更是美味异常。2013年曾经见《无锡日报》报道，冬至一天无锡"穆桂英糕团店"汤团销量超过14万个，冬至前后三天汤团总销量破40万个。听听这个数字，看官们应该能体量出汤团之于无锡的重要了吧。

年糕的花样则可以用"花样年华"来比喻了。由江南年糕的款式花样，足见历史上的江南之富庶，江南人讲究饮食之一斑。以如今闻名遐迩的无锡穆桂英年糕为例，外形有方有圆，夹杂有长方、三角、梯形等，内容有甜有咸，荤素有别，有笋干猪肉馅的咸年糕，有瓜仁花样的甜年糕，有一层层色彩不一的千层糕，牙口好的有嚼劲儿的叫粘糕，老少一辈入口即化的叫松糕。颜色更是五彩斑斓，绿的居多，一般用小麦叶汁，吃进口中自有一股清香味儿，其他各色也都是用的食物天然色素。

朴素一点的年糕一般为家庭自制，用糯米粉制作而成，和糯米粉与蒸年糕的火候是两大关键。江南乡村中，小户人家一般不会自家做年糕，往往会聚在一户大户人家集体制作，因为需要宽敞的厨房和硕大的蒸笼，城市里大都不会自己做年糕。记得小辰光我家一共做过一回年糕，而且请来了年糕师傅帮忙。自家做年糕，对于孩子来说最高兴的莫过于年糕刚刚蒸熟出笼的时候，这个时候的年糕可以直接吃，软糯微甜。等到年糕凉透变硬，再吃的时候就要用刀切成薄片。或者放入白米粥里煮软，或者放在油锅里煎香，白水年糕最好吃的就是用荠菜炒成又鲜又香的菜年糕。对于我而言，记忆中印象最深的当属自己做的白糖桂花年糕，最好的桂花是开在自家院子里桂花树上的。江南过年，大年初一的早餐，一定是吃撒着桂花的糖年糕和元宵，就为图个吉利，年年高升、家家团圆。

而八宝饭则不一定非八宝才行，称之为八宝也是为了讨口彩。有多少宝，完全视家境或手头材料而定，可多可少、多少随意，家境殷实且吃的考究的人家，也可以摆放十几种之多，普通人家用红豆沙馅和着猪大油，一样能拌炒出香甜软糯的八宝饭。细看"八宝"，或红豆沙、或白莲心、或冬瓜条、或核桃仁、或红枣、或枸杞、或葡萄干、或红绿瓜丝、或各色瓜仁，其中红豆沙唱主角，其他各样只是点缀，就像盖浇面上的浇头。做八宝饭，和刻图章一样，做的时候是阴面，吃的时候才反扣成阳面。八宝饭八宝饭，饭还是主要材质，做八宝饭的米必须是江南的糯米，而做糯米饭又是十分的考究，既不能用电饭锅蒸煮，又不能用普通锅焖煮，必须用蒸笼蒸，糯米性黏，吃水不多，所以用蒸笼蒸出来的糯米饭才既软糯又不至于过于软塌，容易成形。做的时候，先在碗底铺好已经弄好的八宝，然后放上拳头大小的红豆沙，最后盖上半斤重左右的糯米饭，必须压得结结实实。一碗碗八宝饭做好以后就可以冷冻起来收藏了，待到想吃的时候，只需蒸上一碗，蒸透以后反扣在另一只碗中，碗面上露出的八宝犹如花蕊一样开放在碗中央，上桌以后先让客人欣赏片刻，再拿回后厨用熟猪油炒拌，再上桌时已是满室飘香了。

如果一个人一生浸淫于江南，他会养成独特而有品味的饮食爱好。我的父亲就是其中之一，一生从不相信药补之说，只信奉食补之妙。一年四季应时而吃，每天饭菜顿顿不同。记得小辰光，爸爸每天早上头一句讲的闲话就是"今朝吃点啥菜"，而且一问就是几十年。爸爸走得突然，固然为我们子女留下无限的悲痛，但是生前爸爸遍尝美食，没有委屈自己，如此想来也就无憾了，虽比不上苏曼殊，也确实做了个真正的江南美食家。

饮食是文化的重要组成部分。中国文化博大精深，中国饮食也声名远播。但是每次出国最讨厌的其实就是吃中餐，目前国外一般的中餐馆，菜谱大抵相同，入口味同嚼蜡，哪里还有色香味？央视二套开播中外厨艺大战，算是为中餐挣回一

点面子。什么时候国外的中餐馆也能开得像日本料理、法国大餐、意大利美食那样精致、高雅，不吃看着也美，吃了还想再来，可能到那时候，中国文化就通过饮食文化真正融化在世界人民的口中和胃里了。

江南旧年景（四则）

（一）牲醴和拜祖

江南的除夕，有点与台湾相同，不叫除夕叫过年。

午后，一家人就要在厅堂里的长几上供上牲醴。牲醴是刮得干干净净的猪头和胖胖大大的青鱼。如今这年头，通常的集市上是买不到完整的猪头了，于是，弟利用朋友关系，从乡下的老乡那里预先订好了，待老乡家在腊月二十三送灶杀猪的时候，让人把猪头取来挂在院里自然风干留着三十用。青鱼不难，弟最主要的爱好就是钓鱼，开着大船在无锡荡口的大鱼塘里，每次一钓就是几十斤甚至几百斤，临近年关，弟妹早已经挑选又大又肥的一条备用。牲醴用红色的木质圆盘装着，并排摆放在长几的中央，牲醴两旁是点亮的粗粗的红烛，一大早袅袅的香烟就在堂屋里回旋弥漫。

供牲醴是男人的事，在厨房做祭祖的年夜饭则是女人们的事体。在我家，恰好相反。女人们忙着摆牲醴，因为要摆得

好看、对称，还要把供桌收拾得井井有条，只要态度认真，没有科技含量，男人不乐意做。弟是家里的大厨，自从姆妈得了一次小中风以后，逢年过节的厨房主角就变成弟了。弟做得一手好菜，冷盆热炒，中餐西点，甜品咸汤，无一不会，家父说，人聪明做什么都不难，以此表扬儿子。我从小跟姆妈学，什么八宝饭、羊尾汤、炸春卷，也会几手，只因弟手艺实在高超，便乐得只管吃将起来。自此弄得我的口味越来越刁，一般人做的饭我是宁可饿着的。

　　弟做的祭祖年饭，主要是三荤三素。三荤有红烧肉、葱煎鲫鱼和肉馅面筋，三素是素什锦、干丝炒菠菜、响动片（胡萝卜片、白萝卜片、香干片）。六只菜分两排竖放，端端正正摆在堂屋的八仙桌上。东南西三面摆上老祖宗吃的用具，酒盅、菜碟、花碗、红木筷子、筷枕、调羹，一应俱全。等老爸把院门、阳台门、堂屋门一溜打开，虚掩半扇，将老祖宗领进来以后，老祖宗的年夜饭就开始了。小时候我不懂，总是缠着老爸问："爷爷在哪？长得什么样？奶奶吃酒激滚（厉害）吗？"姆妈便吓唬我："老祖宗在过年小因夥讲话，否则他们就不来了，他们不来小因就不能吃年夜饭了。"

　　看着平时嘻嘻哈哈的老爸，一本正经地给刘家老祖宗们敬酒、添酒、点烟，嘴里还嘟嘟囔囔地："爸爸姆妈，今年孙子让你们喝茅台抽中华啦。"我可记得以前老爸说过，刘家奶奶名门出身，烟酒茶样样讲究，酒是花雕女儿红，烟则是山西上好的烟草，茶只喝太湖碧螺春和西湖龙井。如今怎么改喝茅台了？哈哈，老爸也是的。

饭过几个时辰，就是阖家拜祖了。一只火盆，红红火火地燃着，全家老小，依着辈分，一一跪在八仙桌南面北向的布蒲团上，双手合十，跪拜三次，祈求老祖宗庇护后人、恩泽子孙。

我少小离家，对于家乡的习俗很是生分，估计老爸姆妈对我的这一点早已不抱希望。老天最懂爸妈心意，弟，这个当年15岁考入大学的少年大学生，专业物理，居然继承传统，把个家庭祭祖仪式搞得一丝不苟，弄得我忍不住叹曰："老爸姆妈，还是儿子好啊！"于是，祭祖在姆妈"儿子囡妮一样格"的一叠声中宣告结束。

（二）爆竹和春联

多年以前，除夕爆竹是彻夜不停的，那时候的年，真是过得热热闹闹、欢天喜地。特别喜欢闹猛的父亲，每到除夕，必亲自去集市搬回几箱爆竹，让弟把个小院放得遍地红花、一院烟香。即使有了害怕爆竹声的小侄女，为了外甥，弟依然把炮仗放得满世界响、礼花点得漫天里红。放爆竹还真是有讲究的，该有的器具一样不能少，点火的香烟，架炮仗的小铁架，挂鞭炮的小竹竿，特别是后坐力大的炮仗和炮数多的礼花，蹦多高、刺多远，放者心中都要有数，弟目测眼力甚好，只把爆竹放

得形声色兼备。每每引得里弄里的乡邻驻足观看，映得看热闹的街坊笑逐颜开。后来禁放了，便觉得年味淡了、年声小了。这几年终于开禁，人反倒没了兴致，只是象征性地放两个二踢脚，震耳欲聋地宣告一年中所有的不如意全部除掉。

可是春联，父亲却是一定要贴的。正所谓"听烧爆竹童心在，看换桃符老兴偏"，在这一点上说父亲是老顽童一点不过分。在我家，最早的春联是父亲手书、儿女共贴，等我们大一些，便是儿女手书、父亲张贴，再后来人懒了，春联都是买来的，然后让孙辈们去贴。祖屋是带院的三层小楼，院内有三棵树，冬天一树腊梅在墙角开得热火朝天，待到贴上春联，顿觉金灿灿红彤彤交相辉映，才有了过年的色彩。

现在许多人都以春联为土，生硬的防盗门也确乎与温馨的春联不相般配。但是父亲说："这个'土'是一定要坚守的，连春联都没有哪像过年？"我也想：不要等到陈丹青先生说的"我们的民族骄傲与文化自信其实来自历史深处"完全变成事实的时候，不要等到我们的儿孙竟不知道春联为何物的时候，一切都晚了。所以，春联一定要贴。初一的时候，老爸又跑去超市买来双面胶，把孩子们贴的春联粘了个结结实实，任大风也刮不走了。如此一想，眼前这一框对春联，守住的岂止是小院，竟分明是中国的民俗文化呢！

（三）围炉与守岁

"爆竹声中一岁除，春风送暖入屠苏；千门万户曈曈日，总把新桃换旧符。"放完了爆竹、贴好了春联，一家人就真正围炉吃年夜饭了。像我这样远在他乡的江南游子，除非万不得已，再忙再远也是要赶回江南的家吃团圆饭的。

吃年夜饭，江南与北方是大不同的，首先就是不包饺子。在我家，有两样东西是不可少的，便是火锅和鱼。一是讨口彩，火锅沸腾，象征着一家热热闹闹，寓意人丁兴旺、日子红红火火；大鱼上桌当为吉庆有余、年年有余，借其谐音祈求来年生活富裕。二是有讲究，火锅得用紫铜手工打造的，烧的是上好的无烟焦炭，火力持久，烧出来的汤汁鲜美，即便氽多少鸡鸭鱼肉蔬菜也不会粘锅糊底。鱼则不能吃尽，以前听说家贫之户干脆不吃，如今天天吃鱼，也需象征性地留下一条。

试想，一家十多口人，团团围坐，围炉举箸，吃得热气腾腾，喝得畅快淋漓，这在江南的冬夜，是格外诱人温馨的一幕。这时候全家人众星捧月般围坐在老爸身边，耄耋之年的父亲，黑发童颜，妙语连珠，不知有多高兴！最后上的是年夜饭，对江南来说，年夜饭年夜饭一定是饭，而且要焖上满满一镬子的米饭，要焖出略带焦黄的饭衣（江南音 chī，即锅巴）。旧年时，姆妈会把吃勿落的年夜饭盛在淘米用的淘米笤箕里，然后用一整张饭衣盖好。江南旧俗，大年初一只能吃剩下来的年夜饭，寓意

年年有余，我猜应该是以前没有冰箱的原因，又能节约柴火。

酒足饭饱之后该守岁了，以前的江南守岁，重点还是忙吃的，要炒瓜子，厨房里炒的噼噼啪、香喷喷，从铁镬子里拿出刚炒熟的瓜子吃起来最香；要包汤团，热水揉开水磨的糯米面粉，用各种馅儿包，最好吃的当属白萝卜猪肉馅的汤团；要给孩子们准备新衣，碎花布上衣、卡其布裤子叠得整整齐齐，放在孩子们的枕头下面压着，这样就省却了熨烫的麻烦；要清扫院子，满院的鞭炮纸屑、吃年夜饭的残羹剩菜全部要清扫倒净，因为新年是不能动簸箕笤帚的；要给孩子们剪手指甲，不仅要剪成圆弧状，而且要磨得光滑，因为新年就不动剪刀了。记得小时候，干这些活的主角都是爸爸姆妈，我们小囡就是进进出出轧闹猛，吃得小嘴小手油乎乎。

如今的守岁早已变成一家人围坐看春晚。虽说不上"守岁围炉竟废眠"，倒也有"剪烛催干消夜酒"的意味，只是一家人面前放的不是酒而是茶了。全家人笑语盈盈、其乐融融，看着、说着，也是有向老爸姆妈汇报一年工作的意思。

爸妈如今年岁越发大了，这两年江南过年时的气温也越来越冷，索性让爸妈早早地坐进被窝，我便坐在爸妈那张已经有52年历史的雕花大床边的小藤椅上，陪二老看电视，看看屏幕，看看父母，父亲是一阵笑声一阵鼾声，姆妈耳朵重听，爱看歌舞戏曲，不喜东北方言小品，也是忽而哼唱忽而小憩，我心内感叹，愿这样的画面永远年复一年，能陪着父母看春晚，多老也愿意,多久也不累啊!

(四)元宵和灯会

元宵节,旧名上元节,也叫元夕。皆因上元节为一年之中首个圆月之日,也就有了第一个良宵之意。

在江南,农人们过了元宵出了正月,俟二月二龙抬头,春的气息就一日浓似一日,春耕就要开始了。江南的春忙与北方不同,来得早,且拔秧、耘田、施肥、莳秧,农活繁多,女人们个个忙得直不起腰来。故元宵节也可以看作是农人们春忙之前的最后一个大节。玩个通宵、闹个三五天、走亲访友,也就在情理之中了。元宵节在古代也是一年里最热闹的节日,通宵达旦、灯火辉煌、男女老幼、倾家出动;更是一年里青年男女自由相会的节日,"众里寻他千百度,蓦然回首,那人却在,灯火阑珊处",更是道尽了元夕男女之间于千人万人中偶遇他(她)一见钟情的佳境,令现如今的都市白领们艳羡不已。

所以,元宵节可用两字来概括,一曰闹、一曰情。闹,言其气氛,"正月里来闹元宵,家家户户挂红灯";情,指其情蕴,有人将元宵节比作中国的情人节也是有依据的。

旧无锡的元宵灯会,要数崇安寺的最闹猛,悬灯结彩,敲锣打鼓,杂耍拳脚,炮仗烟火,煞是闹热,可谓观者如潮。

记忆中逛灯会的次数不多,是儿时与父母去惠山公园寄

畅园，园内灯红人众，一个个灯谜用毛笔写在灯笼上，让灯光掩映得若隐若现，对一个小孩子来说颇有神秘感。也就是那个时候，知晓了猜谜语也有规矩，什么卷帘格、徐妃格，从此迷上猜谜一发不可收拾，在这方面爸爸永远是我最好的老师。

元宵节的情蕴则需从上巳节说起。《诗经·溱洧》用旁观者的语气，写三月上巳之辰，郑国溱洧两岸，春水涣涣，男女在岸边欢乐聚会，且女士主动相约，一派节日融融春景。

据上海师范大学文学院翁敏华先生言，宋以前的"情人节"，是由三月三上巳节承担的；从宋代起，上巳节开始消沉，上巳男女交往的节日主题，便由其时间上邻近的两个节日——元宵和清明分担了。于是才有了文学史上众多的描写元宵节情爱场景的诗词散曲。无人不晓的《元夕》："去年元夜时，花市灯如昼。月上柳梢头，人约黄昏后。今年元夜时，花与灯依旧。不见去年人，泪湿青衫袖。"其实我更喜欢朱淑真的另一首《元夜》："火树银花触目红，揭天鼓吹闹春风。新欢入手愁忙里，旧事惊心忆梦中。但愿暂成人缱绻，不妨常任月朦胧。赏灯那得功夫醉，未必明年此会同。"韵律、意境俱佳。

至于我对元宵节的情蕴，更多地体现在吃上。江南人管元宵不叫元宵。在江南，有两种类似元宵的点心，都用江南特有的水磨糯米粉做成，一种无馅，用各种蔬菜汁做成各种色彩的，叫小圆子。一种有馅，分大小，大的叫汤团，小的就是大家熟知的宁波汤圆了。馅心咸甜皆有，最著名的就是萝卜肉馅汤团和芝麻油馅汤圆。儿时正月十五最有趣的事情，就是跟姆妈抢着做汤团。姆妈用开水和水磨糯米粉，和成又热又软的大面团，在小囡眼中，一个个汤团好似变魔术似地从姆妈的双手变出来。印象里最好吃的汤圆是在江阴住单身宿舍时，同事苏州人撒应潮老师夫妇，用面杖挤压出生猪油，再拌成黑芝麻馅，咬一口香甜晶莹，那叫一个齿颊生香。

　　江南人总归是江南人，早上吃元宵，夜里吃团圆饭，甜甜蜜蜜开头，团团圆圆收尾，人生不就是如此吗？

　　又是一年除夕去，又是一年春来到。仿硕况诗，自成一首，算作己丑之年的寄语吧：

　　未觉老将春共至，更喜携手众人全。

　　青丝泛霜不羞镜，手把屠苏堪少年。

二〇〇九年春节

"三月三，荠菜炒马兰"

一位我尊敬的老前辈，中午时分在网上发AM给我说，明天是上巳节了。我不觉一惊，脱口吟出几句诗来："昨岁此时花满目，今春三日吐芳迟。又逢上巳姗姗至，不现当年倜傥姿。"老前辈回我一句："不该悲叹少儿时，此时正是艳阳初。"我不敢对老前辈造次，但心中却慨叹："暮春上巳艳阳天，不觉光阴半百年。欲觅儿时几同伴，天涯芳草少团圆。"

时光匆匆，事务冗冗，曾几何时风华正茂的青年人，不知不觉间失却了指点江山的激情。庆贺的节日渐多，但是过节的心情却渐少。

上巳节是中国古老的传统节日，俗称"三月三"。诵《诗经·郑风·溱洧》："溱与洧，方涣涣兮。士与女，方秉蕑兮。女曰：'观乎？'士曰：'既且。''且往观乎？洧之外，洵訏且乐。'维士与女，伊其相谑，赠之以勺药。"可见男女之爱早已经在诗经时代就在溱河和洧河荡漾开去，由此足见上巳节应该是古代爱情的节日。再读《论语·侍坐》"暮春者，春服既成，冠者五六人，童子六七人,浴乎沂,风乎舞雩,咏而归。"孔孟之乡,也是初春踏青男女老少齐上阵啊。有许多人认为,后人对上巳节的印象主要来自于王羲之著名的兰亭聚会,而我则认为所谓的曲水流觞、兰亭修禊已经将最原始的上巳节涵义演变了,一场爱情盛会竟成了文人雅士的风雅宴会。倒不如杜甫的《丽人行》"三月三日天气新,长安水边多丽人"更加接近上巳节的本意。大地回暖,春风入怀,蓝天白云,春水荡漾,正是青年男女谈情说爱的大好时机。宋代之后,上巳风俗才渐渐式微,我想应该有程朱理学大行其道的原因。

但是上巳节却漂洋过海,在日本生根开花,成为日本全国性的节日"少女节"。日本人重民俗,把个三月三的少女节过得隆重而又传统。记得我几年前去日本访问,正逢秋月枫叶正红,虽然已有丝丝寒意,但是当我徜徉在伊豆半岛一个名叫稻取的小镇上,走进一家简单而又丰富的小型陈列馆的时候,发现日本民间对少女节的重视已经到了无以复加的地步。陈列馆里居然摆放着大大小小数以千计的小玩意,大多数是手工缝制的少女布偶和玩具,小的只有指甲盖大小,就在那一瞬间,我想起了我家先生的姥姥,她老人家缝制的布偶至今还挂在我的卧室,姥姥曾说是跟当年住在隔壁的日本女人学的,殊不知,上巳节却是从中国东渡去的日本啊。

三月三多逢巳日,在江南,乡下女人会把荠菜花戴在头上,以为可以祛痛安睡。无锡乡下还有庙会、快船比赛,虽比

不得龙舟,但也称得上江南一景。

　　小时候的江南,三月三早已是桃红柳绿、草长莺飞。那时候的江南,才是真正的鱼米之乡。城市不大,你只要走出城市来到郊外,那美丽的田园就像五彩的毯子,平平整整地铺在原野上。绿的是麦苗、黄的是油菜花、红的是紫云英,那赭色的窄窄的田埂,就像是搁在画板上的画笔。妈妈是个十分热爱田园的人,每年三月三前后的星期天,即使再忙,也会让我跟着她,提着小竹篮,拿着小铁铲,到乡下的田埂边挖野菜,江南人叫"挑野菜",我想大概是因为田埂上各种各样的草很多,野菜藏身于其间,必须有一双锐眼和一双巧手才能把可吃的野菜找到挑出来的缘故吧。江南人有句俗语:三月三,荠菜炒马兰。那清香的荠菜,拌着白白的太湖白虾仁,包起的猫耳朵馄饨,至今令我垂涎欲滴。而马兰红红的小茎、绿绿的小阔叶,那麻而清凉的天然美味,只需一点点盐花,就可以让人齿颊生香、终生牵记。只是在岛城,荠菜还有,马兰却从未谋面,即使有人说马兰,此马兰也非江南的马兰头。有一次在上海开会,朋友在新天地的一家老酒店请我吃饭,意外地吃到了马兰头,只是上海人实在精明,把马兰做成的凉菜盛放在小小的调羹里,你想三只小调羹送上台面,八只筷子伸过去,当然是解不了我对马兰的馋意的。我的无锡好闺蜜刘红,曾是吴桥头黄泥墩对面"刘姥姥馨阁"饭店的老板娘,每年我们两大刘家人都会在此聚餐,刘三哥亲自掌勺,让我这个江南游子遍吃无锡本帮菜，解馋过瘾。后来红全身投入黑茶和慈善事业，但每年的聚餐还在继续。记得有一次接我去吃饭，车过东门菜场，红让我稍等，一歇歇工夫，红提着一大袋子绿菜回来了，贴近一看，哇，马兰头！"再不吃就过市了"红说，"今天拌一大盆干丝马兰头，让你过足瘾"，啊，原来红对我的吃好一直记在心里。红明白，马兰至于我恰似那一缕永远剪不断的乡情，从这个角度说，马兰能治愈我的思乡病呢。好在每年冬天回江南过年，姐姐弟弟最明白我的心，总会领着我吃遍特色酒店，今年过年弟弟安排在一个公园里的酒店过年，看着美景，吃着美食，马兰、豆腐花、菜馄饨、河豚鱼……话说回来，美食就应该是民间节日里十分重要的一份含义吧！话又说回来，好吃美食的人，应该还不算老吧！得，今天下班后无论如何都要到市场买上一点荠菜再回家。

二〇一二年三月二十三日

清明何处觅垂柳

一直羡慕泉城有504眼甘泉,有满街的垂柳。来自江南,爱煞春水垂柳,常叹岛城既少春雨又无垂柳。没成想,朋友竟然脱口而出:中山公园小西湖边有杨柳。于是在下班的路上就多了一个看柳的人,自以为有那么一点停车坐爱柳林晚的况味。

终于等到了亦喜亦悲的清明小假,盼着"听风听雨过清明",没想到岛城晴空万里,只把暖风吹得游人醉。第二天傍晚才下了一场淅淅沥沥的小雨。

清明节的思绪,是牵系在条条柳枝上的。

江南人爱柳喜柳是出了名的。清明时节,插柳枝于户牖,可以避邪驱瘟,插柳枝于门前晒场,可以祈求丰年,插柳枝于地头坟间,可示后嗣兴旺,只把俗话"无心插柳柳成荫"变成了真实。由此可见,柳之于人们,象征着春天,象征着新的生命。也正是在青青柳色的吸引下,在条条柳枝的召唤下,清明在江南是个踏青的大好时光。程颢曾经说过:"况是清明好天气,不妨游衍莫忘归。"于是偶遇清明"三月三日天气新"，便呼朋唤友，去城郊的山之巅、水之边，仿兰亭名士，迎惠畅和风，临清泉飞流，饮流觞美酒，发思古幽情。而对于在家蛰居了一冬的孩童们而言，清明时节虽乍暖还寒，但疏雨过后残寒消尽，乳燕呢喃，春风拂面，大自然已是桃红柳绿，春意渐浓。柳枝便成了孩子们最容易得到的玩具。或头戴柳枝圈摆阵，或手执柳条鞭骑马，或脚踢柳皮捋成的柳球玩耍，街市小巷孩童的嬉戏声此起彼伏，真是春光一派明媚。

只不过江南的清明，十之八九会是雨纷纷的天气。踏青不成，祭奠成为全家而动、倾城而出的大事。我远离家乡，每年清明节竟无法给先人扫墓抔土，但奇怪的是，十几年间两次在清明节前有梦兆，一次是梦见慈祥的外婆，诉说住处太潮湿。后来果真听妈妈说，外婆外公的墓地因为修路要迁坟。一次是梦见只有四个儿子没有闺女的大舅妈，问我要棉袄。大舅妈临终我没能亲去送行，怪我了吧？真是翘首江南千里行，别离思绪向谁言啊？

于是，清明节的思绪，又飘洒在了潇潇雨丝上。

江南留客不说话，只有小雨悄悄下。其实说的就是清明时节的江南。清明，在江南，包含了太多的情意，对先人的纪念，对亲人的思念，对家乡的眷念。我少小离家，每因清明想团圆，何时柳暗花明又一村，勿需凭栏思故园啊！遂想起洪昇的《寒食》："七度逢寒食，何曾扫墓田？他乡长儿女，故国隔山

川。明月飞乌鹊，空山叫杜鹃。高堂添白发，朝夕泪如泉。"真是写尽了清明时节游子对故里的情感。

好在岛城在清明翌日落了场夜雨，听说江南也是天天雨丝长，那么这潇潇春雨，应该将我对亲人、对家园的万千思绪也落到了江南的草地上、天井里、柳梢头、屋檐下了……

二〇一四年四月六日

养春蚕

说实话，我并没有真正养蚕的经历，但是因为我家祖辈上有蚕种场，所以儿时父亲会在假期领着孩子去接触采桑养蚕，虽然次数不多，但令我对江南的这一农事至今难忘。

在江南，人们习惯把蚕叫做蚕宝宝，而桑叶就是它的食粮。蚕宝宝的体型不大，但是食量惊人，一个蚕宝宝要吃掉比自己身体大好几倍的桑叶。在我印象中，蚕室是个很神秘的地方，一般人不能进，有温度计挂在墙上，开门关门都有讲究，为了保持室内湿度，蚕室地面四周都洒有石灰粉。而一个三脚撑的木架上，往往一层层平行放着七八张蚕匾。一张张蚕匾里，密密麻麻躺着白色的蚕宝宝，农妇们开始往蚕宝宝身上盖桑叶，动作很快，一张白色的蚕匾上很快铺满了绿色的桑叶。蚕宝宝白天睡觉晚上狂吃，彻夜蚕食的场面十分壮观，蚕食的沙沙之声会不绝于耳，赛过江南的细雨之声。转眼之间，一片片绿色的桑叶已经被蚕食殆尽，留下一片蚕沙。在蚕室，我形象地理解了"蚕食"这个词语的意思。一次次蚕食，直至

白色的蚕宝宝变得白亮亮的,肚子吃得圆滚滚的,进入睡眠状态,那就离它吐丝结茧不远了。蚕宝宝吐丝结茧的时候,还要搬一次家。农人们会用稻柴芯扎成草龙,然后把蚕宝宝放到干燥温暖的草龙上,等待它们吐丝结茧。采茧子更要掌握好时间,倘若下手晚了,茧子里的蚕蛹咬破茧子,破茧成蛾,那你的劳动就会贬值。采茧要适逢其时,然后再用篾篮把白花花的茧子挑到茧行去卖。茧子会分成好多等级,个儿越大缠丝越紧密的价钱越贵。学蚕桑专业的姑姑就曾经做过验收蚕茧等级的工作,煞有权威。养蚕对儿时的我来说,是个技术活。

到了把茧子分类送到缫丝厂的时候,女工们又成为主角。街坊邻居中有好几个姐姐,中学毕业被分配到无锡各个缫丝厂。星期天回来,就能看到姐姐们的双手被水浸泡得发白,可见工作之辛苦。她们告诉我,一个茧子就是一根长丝,好的蚕丝必须一气呵成。如果中间断了就不好了,如果茧子发黄也就不值钱了。

因为对蚕宝宝肉麻过敏,进蚕室的我是敢说不敢动,只有去桑园才是我喜欢的事情。桑树田和水稻田不同,下田不用脱鞋袜,如同北方的苹果园,天气晴朗的时候,到桑田去就像踏青一样,正像古诗所唱"春月采桑时,林下与欢俱"。一般的桑树不会长得很高,桑枝也比较柔软,采桑之人不用脚踩梯子,稍高一点的桑树,跳将起来用手勾着桑枝,弯下来一样可以采摘到桑叶。听采桑的阿姨说,采桑也是有学问的,必须挑选那种绿油油的整个叶片张开来的桑叶采摘，如果发黄叶片卷起来或者有虫眼的就不能要了。还有采桑要趁早，不能太阳高过头顶去桑园，必须赶在露水未干就去采，采下来的桑叶要晾干才能送进蚕室喂蚕。我到桑园的目的可不是采桑，那是大人们的事情。桑田之所以是孩子们的乐园，就是因为有桑葚，我们叫桑子。已经熟透的桑子，乌黑中带紫色并且发着亮光，颜色像现在的蓝莓，一粒桑子表面有许多小桑粒组成，椭圆形的紫黑桑子最甜，那时候好像也不施农药，从桑枝上采下来直接放进嘴里，直到吃到嘴唇发紫发肿才肯罢休。如果桑子发红或者青涩，那是没有成熟的征象，我也是在桑园第一次形象地懂得了"红得发紫"这个简单的道理。

如果说李白的"燕草如碧丝，秦桑低绿枝"是女子的断肠诗，余光中的"江南，唐诗里的江南，九岁时采桑叶于其中，捉蜻蜓于其中"是游子的离别诗，那么，在我的心里，采桑是一首江南田园诗，是江南女子的劳作诗。在江南，采桑养蚕、缫丝纺织，曾经是许多城乡女孩子人生中必须经历的事情，我虽然没有亲历这样的生活，但幸好有一个喜欢让我们什么都接触的好父亲。记得父亲说过："囡囡，你背的'春蚕到死丝方尽'只是一句诗，蚕宝宝吐完丝还没有死，它变成了可以吃的蚕蛹，蚕蛹还能变成蛾子，蛾子最后又会产下小蚕子。一个轮回，你要记得啊！"

我一直喜欢着真丝的衣裙，隔几年会去苏州观前街的绸

布店里寻寻觅觅，我晓得，"养蚕不满百，那得罗绣襦"，这些好看的绫罗绸缎，都经过了江南女子的巧手劳作。如今回到江南，再也难觅桑园，儿时那些在缫丝厂工作的姐姐们也已难得一见。对于儿子来说，只是喜欢吃爆炒的蚕蛹。但是对我来说，父亲领着去采桑养蚕的儿时片段早已深深印在脑海里，还有父亲说过的那些话，是永远不会淡忘的了。

二〇一四年四月二十五日

刘师母家的厨房

江南清明,总是和古诗连在一起。今年的江南清明,又何止是落雨纷纷?但江南的清明毕竟是别致的,开车沿着长江两岸走走,雨帘下的油菜花格外清新如画,真是绿的碧绿、黄的金黄。

如果说回江南前是收拾行囊,那么回江南后就是收拾心情了。没有晴空,可以清空芜杂的心情;因为下雨,终于放慢匆忙的脚步。而放松心情最好的地点就是刘师母家的厨房,刘师母当然就是我亲爱的姆妈了。

厨房的竹篮里,松松堆着一满篮野马兰,碧绿生青的叶片,红得发紫的叶茎,干净得不用摘,洗净、焯水、晾过,香油几滴,椒盐少许,吃的你满口清香,眼明心亮(中医说多吃马兰头对人的眼睛有好处)。从小菜场买回菜农刚刚从自留田里采来的豆荚,和姆妈边聊边剥,一会儿工夫,一盘青绿的蚕豆堆成了尖,在不锈钢炒锅(如果用铁锅,蚕豆容易变黑,品相不美)里倒上菜籽油,清炒变色、高汤焖熟,撒上姆妈种在花盆里

的小香葱，两种不同的绿色，蕴孕着独有的江南春色，飘散着独有的江南香味。还有那来自宜兴山林的竹笋，大的竹笋，切成薄薄的笋片，和黑猪五花、水发香菇一起红焖，不必浓油赤酱，酱油到位即可，但糖是必须要放的。小竹笋与青莴笋都切成滚刀块，用略微腌制过的猪腿肉（火腿肉也可），加上偏瘦的前肘肉，再编上十只千张（豆腐皮）结，烹制一道"腌笃鲜"，所有食材要按其品质在不同时间放入锅内，而且一必须用耐心慢火炖，二必须用陶瓷砂锅炖（用不锈钢等材质的汤锅会减去许多美味）。这道"腌笃鲜"，两种笋材，青黄相宜，软脆适中，老少咸宜；两样肉质，汤汁鲜美，浓而不腻，人人爱喝。完全称得上是江南春天宴席上标志性的菜品。

  清明的晚席开在弟弟家的大餐厅里。弟妹说，这个花梨木的圆桌，总共开过三席，第一次爸爸还在世，第二次是送走爸爸的翌年清明。弟弟不愧是大厨，17道菜品八冷九热，道道美味，一小缸佳酿也慢慢见底，弟弟酒酣时弟妹又做了炒水芹、炒番茄、红烧小排骨，孩子们才终于搁筷离席。我在心中默默地告诉爸爸，第三代真的已经长大了。

  清明第二天一早，我正和姆妈喝粥，院门开了，弟弟拎着满满一桶鳝鱼进来，告诉我这是如今江南也已难得看见的野生黄鳝。活杀焯水，蒜瓣红烧，厨房里马上弥漫着浓浓的红烧"梁溪鳝鱼"的香味。我让姆妈多吃一点，据医生说，鳝鱼对高血压糖尿病人都有益呢。

江南菜肴的色、香、味、养，不仅滋养了我的胃，培养了我的味蕾，某种程度上，更是滋润了我的人生，熏陶了我的趣味，特别是江南菜品追求的意境和品位。

　　用"心晴则雨没"来形容我对今年清明的感受最为合适。虽然有人说，"有"又何欢，"无"又何苦？但是生活中，有些"有"是不能缺少的，像是和妈妈一道，烧一只自己喜爱的菜肴；像是和亲人围坐，吃一顿团圆大餐。要我说，还有不可缺少的是，春天和爱人一起，去江南品尝江南的味道。

二〇一四年五月一日

舌尖上的江南

林语堂曾在他的《言志篇》里一一列举自己所要,其中之一是:"我要一位能做好的清汤,善烧青菜的好厨子。"好的清汤和好吃的青菜正是我的两大最爱,如果天长日久吃不到,几乎食不甘味、度日无趣。而能够为我烹制这两道菜的好厨子只有远在江南年已八旬的老母亲了。

记得从小时候起,厨房的炉子上一年四季总坐着一只炖汤的砂锅,直到现在,母亲早晨起来第一件事情就是准备当天的炖汤。春夏秋冬,砂锅里炖的食材因时而变,最为常见的,热天是冬瓜,冷天是白萝卜,但是,砂锅里热汤的味道却总是永远不变的鲜美。小辰光不明白姆妈炖的各种热汤,无论荤素,不管内容,不用味之素,为什么总会那么鲜美?问姆妈讨教秘诀,终于在一个周末,姆妈在厨房给了我答案。原来,不管每天砂锅里炖的是什么食材,汤却是姆妈早已熬制好的清汤。熬制清汤,首先需要选用新鲜宰杀的鲜猪肉和农家散养鸡,不用清洗,直接入锅。其次需要耐心。在大锅里先大火煮开后小火熬煮，不断撇沫，直至汤水纯清见底。如果血水太多，姆妈还要吊滤两遍。最后放入绍兴加饭酒、江南小香葱和嫩姜丝。火候大了，汤会变浓，口味不对。撇沫不好，汤水不清，卖相不好。母亲的耐心在熬清汤的过程中丝丝滋长。

面筋炒青菜也是姆妈的拿手菜。江南的青菜，和北方所说的油菜，外观相似，内容似乎不同。江南的青菜，秋冬霜打过的，叶青梗白，口感清甜，入口绵软。春天刚长出的，又叫鸡毛菜，叶子碧绿生青，入锅即起，清香扑鼻。长了花苔的，茎叶绿透，花苞羞答答地似开非开，在锅里多炒几下，让花苔和热油缠绵一阵，脆香回味。江南的青菜，不论哪一时段，清炒已然可口，但姆妈总能做到极致。江南特有的青菜加上无锡特有的素油面筋，再用上江南特有的菜籽油，那一碗面筋炒青菜，比惠山素菜馆的还要有味道呢。母亲的爱心就在一碗炒青菜里让我回味无穷。

这就是姆妈的味道，江南的味道。母亲节刚过，用舌尖上的江南命题，算是送给姆妈节日的礼物吧！

二〇一五年五月十二日

记得到江南去氽浴

巧遇黄梅时节回江南，今年的江南梅雨，与那些飘进唐诗宋词里的梅雨不一样，来得特别得猛，雨丝特别得粗。但回家后的习惯却没有变，回家之日和离家之前，是一定要帮姆妈氽浴的。由此想到杨绛先生曾写的小说《洗澡》，后来又写了《洗澡之后》，可见杨先生在北京生活得久了，语言已经完全北方化。如果杨先生用家乡方言来命名，小说唤作《氽浴》也是蛮有意思的。江南是个好地方，但是夏天炎热、冬天阴冷、黄梅季节又多雨也是事实，于是氽浴成了江南人生活中不可或缺的事，对老辈头的江南人来讲更是一件生活大事。所谓"白天皮包水，夜里水包皮"，后一句说的就是氽浴。

童年时代，江南老城里的住房还都是老式房子，沿街的往往是两层小楼，楼下做商铺，楼上住人，市井人家有卫生间的成套住房不多，因此不少老百姓家里氽浴就成了一件难事。夏天好解决，一只桐油油过的木盆就可以解决全家老少几代人的氽浴，可冬天如何办？天气寒冷，屋里没有取暖设备，有钱人家一周总要一洗，无钱人放假年节也总要氽浴"脱皮"，于是公共浴室兴起。江南的公共浴室不叫澡塘，叫浑塘。男浑塘是一个贮满热水的大池子，没有淋浴的女浑塘则变成了一个个单间，每个单间里有一口大铁镬(huò)子，也就是铁锅，这可能是江南地区特有的一种习俗，看着蛮吓人，一镬子热水，活人下去，但决不会烫死。

我家当时住在学堂宿舍，宿舍其实是一个典型的江南老院子，类似于北京的四合院，虽然只有一个天井，但是东西厢房齐全，我家住在西厢房，而宿舍的浴缸间就在东厢房北面与大厅相邻的角落里。氽浴间的门朝向大厅，氽浴间的灶膛朝向院子，在铁镬子里放上满满的一镬子清水，阿姨就在院子里往灶膛里添柴薪，直到把一大镬子冷水烧热，水的热度以手的感觉为好。虽然手感正好，但是热水在铁镬子里，肉身入锅还是会烫皮，为此老祖宗早就已经备好了浴具，很简单，就是一块圆溜溜的四周有弧度的厚木板，飞碟一样大小，只是材质是木头，而且比较厚实，方便氽浴时垫在身下防止烫伤。这种氽浴的小器具，有的乡下地方叫做"乌龟板"，可能外形像龟甲，我们叫做垫板，主要指其用途。小孩子氽浴喜欢大呼小叫，等到脱衣入水以后便开始玩起来，如果不是铁镬子面积有限，两个孩子一起氽浴，真的可以来一场滑板赛的。阿姨不会一直在院里烧火，会把柴薪拢在一角，根据氽浴人的要求让火一直不灭，于是大镬子侧面还有一个小镬子，尺寸比舀勺稍大一

些，里面的水一直浅浅地翻滚着。氽浴人如果感到水渐渐凉了，可以用舀勺从小镬子里舀热水，保证大镬子里的氽浴水始终保持合适的温度。当然，大镬子里的水多了，可以舀到浴缸旁边的窨井了，直接流到阴沟里。

那时，江南的冬天也是大雪纷飞，院子里的树上像盖上棉被一样落了厚厚一层，但是浴缸间里，热气腾腾，氽浴的人氽得满身通红，毛孔舒张，舒服无比。听姆妈讲，以前讲规矩，家里氽浴是要论辈分的，男先女后、先长后幼，但我们家，爸爸从来都是让孩子们先氽浴，孩子们氽好浴，换上干净内衣，钻进用汤婆子暖热好的被头弄，高兴地吱吱喳喳乱叫，等不到爸爸氽好浴来讲故事，就已经进入梦乡了。

学校的氽浴间还可以外借，学校附近的邻居如果想全家氽浴了，就可以提前打个招呼。答应了哪家，哪家就会拖儿带女全家上阵，有拿着柴薪的、有拿着衣物的、有拿着肥皂的，好像拿着厚礼走亲眷似的，这种场景往往出现在冬日里的节假日，特别是孩子们放寒假以后，几家小孩在院子里皮打皮闹，把个院子弄得热闹盈天，喜欢闹猛的爸爸煞是高兴，竟一点也不怕麻烦。

后来家里有了装修一新的卫生间，而且有两个，淋浴也好，盆汤也罢，雪白的陶瓷浴盆，瞬时升温的浴霸，但是幼时冬天里氽浴时那种痛快淋漓、毛孔舒张的感觉却再也找不到了，滑爽的丝质内衣也没有了白色棉质绒衣温暖的感觉。

如今江南人冬天汏浴，变得更像是一种交际。全家老少、三两闺蜜或小伙伴们，约好落班之后去汏浴，有点类似饭局，江南人讲客气，往往汏浴完毕，在柜台结账的时候会你推我搡，争着付账。每年回家过年，最温暖的一件事就是陪着姆妈去温暖如春的浑塘汏浴，希望这样温暖的场景永远不会改变。我会告诉姆妈，没有姆妈付账，我还如何回江南汏浴哪？

　　　　　　　　　　二〇一五年六月二十日

月在心里

中秋，在老百姓的故事里，始于嫦娥、始于吴刚；在民俗学家的考证里，则始于先民对月亮的膜拜。翻开历史，周代有了每年对月亮的朝拜；汉代以前，秋夕祭月列入朝廷典章，《礼记》中就有"秋暮夕月"的说法；唐朝初年，中秋成为固定的节日，《唐书·太宗记》正式记载"八月十五中秋节"，才有刘禹锡《八月十五夜玩月》的佳话；宋代时欢度中秋已是十分盛行，丙辰中秋，东坡时任颖州知州，与友人欢饮达旦，加上思念远在汴京的弟弟子由，大醉而唱响了《水调歌头》；到了明清，中秋与元旦齐名，成为仅次于春节的第二大传统节日。

在我的记忆里，中秋是姆妈手里搓圆的麦饼。是白白的面粉，甜甜的馅心，是昏黄的灯光，蓝花的围裙。月饼最初本是家庭制作的，袁枚的《隋园食单》就讲述了月饼的具体做法。到后来月饼越做越精细，越做越考究了，但是谁在乎月饼的形式呢？大凡游子，月饼总是姆妈做的最香、最甜、最可口啊！

在我的记忆里，中秋是爸爸领着小手去崇安寺里吃的"桂花糖芋头"。一小碗糖芋头，汤浓赤红，浇以桂浆，小口微撮，回味半天。小时候，就知道桂浆就是糖桂花，家里的糖桂花是姆妈采来桂花，用蜜糖和酸梅，放在玻璃瓶里蜜汁起来，存好待中秋吃的。长大后，方知桂浆一词出自《楚辞·少司命》"援北方闭兮酌桂浆"，到底是江南，名句和佳肴就是这样"坐"在了一起。

在我的记忆里，中秋是外婆让表哥送来的竹篮里的毛豆角、大白藕和红菱角。平常忙得早出晚归的邻里们，在中秋夜里，可以坐在一起说说闲话，拉拉家常，孩子们则坐在台阶前的小板凳上，望着月亮，剥着菱角，我送你一只菱，你丢我一个壳，不忙着睡觉。所谓"里门夜开，比邻同巷，互相往来。有终年不相过问，而此夕款门赏月，陈设月饼、菱芡，延坐烹茶，欢然笑语。"

在我的记忆里，中秋是月亮升起来后烟缕袅袅的香斗，那五彩缤纷的香斗，纱绢上各色各样的景致，都印在儿时的记忆底片上。庭中月下，朝拜星斗，祈求风调雨顺，祈福儿女子孙。有时，阖家也会举家外出，登高望远，待月斜夜深，小囡们在大人肩头熟睡，回家推门，小院中依然香味阵阵……

长大了，月依旧人依旧，心思却飘远了。

有时喜欢"乘风好去，长空万里，直下看山河。"有时更喜欢"此生此夜不长好，明月明年何处看。"今天，更喜欢荷东的诗：

"以前

中秋的月亮

是圆的

以后

中秋的月亮

都缺一块

直到

我看不见它了"

　　荷东的母亲和我的父亲都去世了，在我们的心中，月亮从此都缺了一块。

　　所以，自古月亮承载的就是中华民族的情感，就是所有离家远游人的情思，就是天下相爱者的情意。

　　如此说来，在何地与何人赏月，又有何妨？

　　月在我心里！江南的月亮永远在我的心里！唯愿每年心中的月亮，都那么圆、那么亮！

二〇一五年仲秋于信号山

《想回江南》代后记

想回江南去看雪
看落在老西街黑瓦楞上的白雪
看落在大西桥石栏杆上的白雪
看落在弄堂里青石路上的白雪
想回江南——
扶起拎着小菜篮去买菜的母亲

想回江南去看雪
看落在公园里花窗上的白雪
看落在湖心亭翘檐上的白雪
看落在运河里船篷上的白雪
想回江南——
看着河边小公园打门球的母亲

想回江南去看雪

看落在大门口屋檐瓦上的白雪

看落在院墙边腊梅枝上的白雪

看落在园子里青苔地上的白雪

想回江南——

握着汰菜淘米双手冰凉的母亲

想回江南

想多雨的江南

想多园的江南

想多桥的江南

想多亭的江南……

想回江南

想母亲用白酒烹炒的金花菜

想母亲用猪油红烧的笋烤肉

想母亲用干丝凉拌的马兰头

想母亲用小葱清炖的白鲫鱼……

想回江南

大雪中的江南

寒风中的江南

母亲的江南

还有永远等着我的江南……

乙未年冬月写于青岛信号山

图书在版编目(CIP)数据

礼物：全二册/刘炜著.——北京：中国书籍出版社，2017.1
ISBN 978-7-5068-6025-3

Ⅰ.①礼… Ⅱ.①刘… Ⅲ.①散文集—中国—当代 Ⅳ.①I267

中国版本图书馆CIP数据核字（2017）第020391号

礼物（上下）

刘炜 著

责任编辑	禚 悦
责任印制	孙马飞 马芝
封面设计	邹孟荷
出版发行	中国书籍出版社
地　　址	北京市丰台区三路居路 97 号（邮编：100073）
电　　话	（010）52257143（总编室）　　（010）52257153（发行部）
电子邮箱	eo@chinabp.com.cn
经　　销	全国新华书店
印　　刷	青岛金玉佳印刷有限公司
开　　本	787mm×1092mm　1/16
字　　数	185千字
印　　张	20.25
版　　次	2017年1月第1版　2017年1月第1次印刷
书　　号	ISBN 978-7-5068-6025-3
全套定价	52.00元（上下）

版权所有　翻印必究